AF139318

Peter Schulte

Wo kommst du denn wech?

Kindheit und Jugend
in Ostwestfalen

Ein Roman

Herstellung und Verlag:
BoD - Books on Demand, Norderstedt
ISBN 978-3-7347-8881-9

Inhalt

1. Prolog

Die schrecklichsten Erinnerungen an meine Jugend sind Mireille Mathieu, Michael Holm und Bata Illic. In den siebziger Jahren waren sie bekannter als der damalige Bundespräsident, aber im Gegensatz zu ihm sind sie heute noch bekannt. Wer um 1962 geboren ist, weiß, wovon ich spreche. Zu dieser Zeit waren Schlager ganz groß angesagt – je seichter, desto besser. Meine Tante stand auf Michael Holm. Auf ihrem Polterabend tanzte sie zu *Barfuß im Regen* (und wir tanzen und tanzen und tanzen). Da war ich um die neun Jahre alt.

Die Jungs hießen Klaus, Reinhold, Peter, Markus, Harald, Stefan oder Heinz und trugen häufig eine Art Jürgen-Marcus-Frisur – ja, genau der mit dem Song *Eine neue Liebe ist wie ein neues Leben* (nananananana). Manchmal tat es auch der Poposcheitel oder der alltagstaugliche Fassonschnitt.

Die Mädchen hießen Christiane, Hildegard, Annette, Monika, Birgit, Elisabeth oder Kordula und hatten oft lange, dicke Zöpfe, an denen wir gerne zogen. Meist aber trugen sie ihr Haar offen und ließen es wachsen, wie es die Natur eben zuließ. Agnetha von ABBA trug manchmal Zöpfe und konnte uns Jungs ziemlich verwirren. Anni-Frid, die zweite Sängerin von ABBA, war aber auch nicht ohne.

Meine erste Langspielplatte war von Neil Young und hieß *Harvest*. Auf diesem Album ist auch sein wohl bekanntester Song *Heart of Gold*. Clemens brachte ihn mir auf der Gitarre bei. Mit einer Gitarre kam man damals bei den Mädchen besser an als mit einer dicken Brieftasche (besser wäre natürlich beides gewesen). Leider wurde mir die Platte nach mehrmaligem Verleihen irgendwann nicht mehr zurückgegeben (danke, Oliver, ich hoffe, du hattest deine Freude damit!).

Letztes Jahr, 42 Jahre nach der Veröffentlichung von *Harvest*, erfüllte ich mir meinen Jugendtraum und fuhr zum Neil-Young-Konzert nach Mönchengladbach. Da stand er, der Godfather of Grunge, wie er heute genannt wird, etwas gealtert, aber immer noch mit der gleichen Power und dem unverwechselbaren Sound, der mich bis heute inspiriert.

Meine erste Freundin war sehr hübsch, mit einem strahlenden Gesicht und enormem Selbstbewusstsein. Da war ich so zwölf Jahre alt. Sie hatte blonde, mittellange Haare und riesige, silberne Ohrringe, und bei unserem ersten Kuss sah sie mich an wie Ingrid Bergman ihren Rick alias Humphrey Bogart in *Casablanca*. Leider habe ich ihren Namen vergessen und sie bestimmt auch meinen. Interessant, wie manche Menschen in deinem Leben immer noch präsent sind, obwohl das schon eine Ewigkeit her ist! Der Zauber der Kindheit und Jugend ist schön und aufregend. Ich kenne Menschen, die so tun, als wäre so etwas völlig unbedeutend – vielleicht haben sie andere Erfahrungen gemacht …

In meiner Jugend war Literatur nicht wirklich angesagt. Man sah sich höchstens die Bilder in Zeitungen und Illustrierten an, las die Überschrift oder gelegentlich den Text (meist auf dem Klo). Die *Bild am Sonntag* war immer gegenwärtig. Mein erstes Buch, das ich von Anfang bis Ende las, war *Pippi in Taka-Tuka-Land* von Astrid Lindgren. Oder *Fünf Freunde* von Enid Blyton. Worum es da genau ging, habe ich vergessen – aber das ist auch egal, irgendwie war es spannend.

Die Geschichte, die ich erzählen möchte, ist wahrscheinlich eine Geschichte unter vielen. Vielleicht ist sie zu trivial, als dass sie in die literarische Welt Einzug finden würde. Mir ist das egal, denn darum geht es nicht. Bei mir war es wie eine Art Vorsehung, Prophezeiung oder Vision: Sie sagt einem, was zu tun oder auch nicht zu tun ist. Nicht, dass ich an so etwas glaube, aber manchmal ist es eine innere Stimme, die einen ruft und einem sagt, dass die Zeit für etwas Außergewöhnliches gekommen ist. So war es auch in meinem Fall. Hier ist meine Geschichte.

Der Ort, über den ich schreibe, ist ein kleiner Punkt auf der Landkarte irgendwo in Ostwestfalen, ein kleiner, möglicherweise unbedeutender Mikrokosmos, von dem die Welt kaum Notiz nimmt. Und doch ist er für die Einwohner das Zentrum der Welt. Hier spielt sich das Leben ab, mit all seinen Höhen und Tiefen, Irrungen und Verwirrungen, kleinen und großen Tragödien. Man kennt sich, aber irgendwie auch nicht, und wie überall auf der Welt gibt es auch in diesem Mikrokosmos nicht Schöneres als den Austausch von Mythen und Halbwahrheiten über andere Einwohner der Stadt.

Das Wahrzeichen der Stadt ist der Spökenkieker, ein in die Ferne blickender Schäfer. Der Legende nach konnte er in die Zukunft schauen und Unheil vorhersagen. Er wusste, wann Krieg, Krankheit und Tod kommt. Vielleicht konnte er auch Positives sehen. Wenn er das konnte, hat er es wohl für sich behalten, denn es gibt keine Überlieferung von seinen Prophezeiungen, die glücklich enden. Wie meine Geschichte endet, weiß weder der Spökenkieker noch ich.

Die Stadt und die darin lebenden Menschen, von denen ich erzählen möchte, besitzt eben so einen Spökenkieker. Seit 1962, dem Jahr meiner

Geburt, steht er als Beobachter der Zukunft vor dem Rathaus der Stadt. Vermutlich ist er ein greiser Schäfer gewesen. Zu seinen Füßen weiden Schafe, bewacht von einem Hund, der das Treiben des Viehes beobachtet. Mit einem Schäferstab ausgerüstet, auf den er sich mit dem linken Arm stützt, versucht der Spökenkieker, die andere Hand über seine Augen haltend, weit in die Ferne zu schauen, um das Unheil zu erkennen.

Und so wie der Spökenkieker, so sind auch die Menschen dieser Stadt: Sie beobachten gern das Geschehen und sehen aus sicherem Abstand dem Treiben der Menschen zu. Was kann schöner sein, als das Schicksal der anderen zu sehen oder zumindest zu vermuten, um dem eigenen eine Zeit lang zu entfliehen? Neuigkeiten von besonderer Tragweite erfahren sie aus der regionalen Tageszeitung, die täglich auf einer Seite über das Leben der Menschen in dieser Stadt berichtet. Erst letztens ist wieder ein Einwohner ihrer Stadt „plötzlich und unerwartet" verstorben, noch nicht einmal fünfzig Jahre alt.

Natürlich sind die Menschen dort nicht nur so; es wäre unfair, ihnen nur diese Eigenschaft zu unterstellen. Wie in jeder anderen Kleinstadt in Westfalen sind die Menschen so unterschiedlich wie auf der ganzen Welt: Es gibt Bauern und Handwerker, Arbeiter und Angestellte, Geschäftsleute und Versicherungsvertreter, Beamte und Lehrer, Hausfrauen mit und ohne Kinder genauso wie diejenigen, die abseits des bunten Treibens nie eine wirkliche Chance auf ein selbstbestimmtes und befriedigendes Leben hatten. Auch sie sind ein Teil dieser Stadt und gehören zu ihr, so wie es der Spökenkieker schon immer war.

Von all jenen möchte ich erzählen, von den Menschen in dieser westfälischen Provinz, von der manche meinen, dass sie völlig unbedeutend sei und den Verlauf des Lebens und das Schicksal der Welt in keiner Weise beeinflusse. Es mag sein, dass dieser winzige Punkt auf der Weltkarte für die Menschen außerhalb der Stadt nicht von Belang ist. Aber darauf kommt es nicht an. Es sind die Bilder und Eindrücke, der Duft und die Farben, das Licht und das Dunkel, Erlebnisse und Ereignisse, die Gesichter der Stadt und die unterschiedlichen Lebensgeschichten, die mich interessieren und von denen ich ein Teil war und manchmal auch noch bin.

Seit meiner Kindheit bin ich mit dieser Stadt verbunden, und obwohl ich schon seit vielen Jahren nicht mehr dort lebe, zieht es mich immer wieder an diesen Ort zurück. Warum das so ist, kann ich nur vermuten. Seitdem ich im Ausland lebe, wird mir mit den Jahren immer mehr bewusst, was Heimat bedeutet: Es ist der Ort, den du in deinem Herzen trägst und der dich überallhin begleitet, egal wo du bist. Hier, in dieser Stadt habe ich meine Kindheit und Jugend verbracht, bin ich zur Schule gegangen, habe die Wälder und die Stadt mit Freunden erkundet und habe meine erste Liebe erlebt und meinen ersten Frust bewältigt.

Immer wenn ich dort bin, besuche ich den heimischen Friedhof, um zu sehen, wer wieder einmal zu Grabe getragen wurde. Manchmal verbindet mich mit dem oder der Verstorbenen etwas, was nur wir zwei wissen können und sonst niemand. Vielleicht war es ein gemeinsames Bier oder ein interessantes Gespräch, das gemeinsame Sitzen auf der Schulbank in der Grundschule oder die Bewunderung wegen des tollen Motorrades (was ihm allerdings wenig Glück brachte, weil er damit tödlich verunglückt ist). Manchmal ist es auch nur so, dass man den Verstorbenen kennt, sich an sein Gesicht erinnert oder mit ihm etwas verbindet, was man nicht genau beschreiben kann: vielleicht eine Solidarität mit seiner Person und seinem Tun – oder auch nur, dass er immer freundlich grüßte.

Der Friedhof ist wie ein großes Lesebuch und hält für jeden Menschen, der ihn besucht, eine besondere Geschichte bereit. Es ist nur eine Frage der Zeit und dann liegst du selbst hier unter der

Erde und dein Grabstein erzählt vielleicht anderen Menschen etwas von dir.

Jerry Williams ist so ein Mensch, auf dessen Grabstein nur das Jahr seiner Geburt und seines Todes steht. Wie und warum er hierherkam, entzieht sich meiner Kenntnis. Aber mein zwei Jahre älterer Bruder nahm bei ihm Nachhilfe in Englisch. Jerry muss ziemlich nett gewesen sein, denn mein Bruder hat sich nur positiv über ihn geäußert. Er war ein schwarzer Engländer oder Amerikaner und starb Mitte der siebziger Jahre mit gerade einmal 36 Jahren. Die Umstände seines Todes sind mir nicht bekannt. Entweder war er krank oder er hat sich umgebracht. Er liegt einsam auf dem Friedhof. Noch nie habe ich frische Blumen auf seinem Grab gesehen. Obwohl ich ihn nicht persönlich kenne (ich habe ihn nie gesehen oder gar mit ihm gesprochen), fühle ich mit ihm solidarisch verbunden, wenn ich vor seinem kleinen Grab stehe – vermutlich weil er fernab von seiner Heimat sein Glück in der ostwestfälischen Provinz gesucht hat und aus welchen Gründen auch immer fernab seiner Heimat sein Schicksal erfuhr.

In meiner Jugend begegnete ich dem Tod wie einem Fremden, er war etwas Unaussprechliches, Gewaltsames und Grausames. Der Macht, mit der er mir begegnete, konnte ich nur Traurigkeit und Unverständnis entgegensetzen. Mittlerweile habe ich akzeptiert, dass er ein Bestandteil unseres Lebens ist. Letztendlich erinnert uns der Tod ja auch an das Leben, das vor ihm lag, und von daher ist es mir heute wichtiger denn je, mich ständig nach dem Wert des Lebens heute, jetzt und in dieser Stunde zu fragen.

Doch zurück zum besagten Friedhof in der kleinen westfälischen Provinz mit ihrem Spökenkieker auf dem Rathausplatz. Hier wird vermutlich jeder einmal zur letzten Ruhe gebettet, wer ein Teil dieser Stadt war und sie in gewissem Maße durch sein Wirken mitgestaltet hat, egal wie groß der Beitrag war, den er oder sie geleistet hat. Überhaupt – was heißt es schon, einen Beitrag geleistet zu haben? Mir sind am meisten die Menschen in Erinnerung geblieben, die für mich etwas Besonderes darstellten und mich in meiner Persönlichkeit gefördert haben, also Menschen, die mich auf irgendeine Art beeinflusst und mir Wege aufgezeigt haben, die ich bis dahin noch nicht kannte. Aber auch solche Menschen sind mir in Erinnerung geblieben, die der Ansicht waren, dass ich möglicherweise keinen Wert für sie hätte und sie deswegen etwas Besseres wären. Auch diese Seite des Lebens gehört zu den Bildern, die in mir aufkommen, wenn ich an diese Stadt denke.

2. In der ostwestfälischen Provinz

Wir waren keine Einheimischen, als wir Mitte der sechziger Jahre unsere neue Wohnung in besagter westfälischer Provinz bezogen. Vorher hatten wir im ostwestfälischen Paderborn gewohnt. Von dort aus war mein Vater jeden Tag mit dem Bus in unseren neuen Wohnort gefahren, wo er in der dortigen Fabrik Brot und Arbeit fand. Das Unternehmen war so groß, dass es nicht nur Einheimische beschäftigte, sondern auch Personen aus einem Umkreis von fünfzig Kilometern und mehr, die mit dem Werksbus abgeholt wurden. Morgens um 5:30 Uhr kam der Bus, und pünktlich um 6:30 Uhr ließ die Sirene der Fabrik das bunte Treiben vor dem Werkstor verstummen und lautes Maschinengedröhne und Gestanze trat an dessen Stelle.

Wie dem auch sei – das waren meine ersten Eindrücke vom Berufsleben. Mir kam es so vor, als wenn die Fabrik die Menschen frühmorgens verschlingt, den ganzen Tag über verdaut und abends wieder ausspuckt. Wenn mein Vater morgens aus dem Haus ging, war er frisch und munter, und wenn er nachmittags wieder nach Hause kam, legte er sich zuerst zum Schlafen auf das Wohnzimmersofa.

So wie wir kamen auch die ersten Gastarbeiter in die Stadt: hauptsächlich aus Spanien, manche aus Italien und einige vermutlich aus Portugal. Für die Spanier wurden eigens gebaute Werkswohnungen bereitgestellt, wo sie in Zwei- und Mehrbettzimmern untergebracht waren. Die Männer kamen allein, ohne ihre Familien und verdienten das Geld in der Fremde für ihre Liebsten daheim. Sie hießen Felix, Gonzales, Rafael oder Adolfo und unterschieden sich schon im Aussehen von den Einheimischen. Meist hatten sie schwarze Haare, die sie mit Unterstützung von reichlich Frisiergel nach hinten kämmten. Auch ihre Kleidung suggerierte einen gewissen Wohlstand, wenn sie mit Sakko oder Weste und in schwarzen Lederschuhen morgens durch die Werkstore gingen. Inwieweit ihr südländisches Temperament mit dem wilhelminisch-preußischen Arbeitsethos korrelierte, bleibt ein Geheimnis; fest steht nur, dass für sie sicher alles anders war als in ihrer Heimat.

Der Austausch mit den Einheimischen beschränkte sich fast ausschließlich auf berufliche Kontakte oder auf ein kurzes Gespräch beim Lebensmittelhändler, der einen Edeka-Markt betrieb. Für diesen stellten die Zuwanderer eine zahlungskräftige Zielgruppe da und er ließ es sich nicht nehmen, zusätzlich zu den Samstagsbrötchen große Weißbrote zu produzieren, die sogenannten Spanierbrote. Zehn Brötchen kosteten ca. 60 Pfennig und ein Spanierbrot 35, wobei Letzteres etwa der Größe von fünf bis sechs Brötchen entsprach.

Später kauften auch die Deutschen dieses Weißbrot. Es galt als Geheimtipp, obwohl es sich im Geschmack nicht vom Brötchen unterschied – es war nur ein großes Brötchen. Vermutlich galt der Kauf eines Spanierbrotes eher als ein Zeichen der Solidarität mit den Spaniern. Und es waren wohl auch die deutschen Arbeitskollegen, die in der Nähe wohnten, die sich für die Essgewohnheiten derjenigen interessierten, mit denen sie die ganze Woche in der Fabrik zusammenarbeiteten und von denen sie so gut wie nichts außer ihrem Namen wussten.

Privat spielte sich zwischen den Deutschen und den Spaniern nicht viel ab, teilweise bedingt durch Sprachschwierigkeiten, vor allem aber wohl durch die kulturellen Unterschiede und die wahrgenommene Andersartigkeit. Man blieb vorerst unter sich. Die Spanier hatten ihr eigenes Kulturzentrum, wo sie sich nach Feierabend trafen, und die Deutschen gingen in ihre eigenen Stammlokale.

Der immer gleiche Wochenrhythmus und vermutlich auch die berufliche Eintönigkeit, die mit dem Aufkommen der Massenproduktion verbunden war, führten dazu, dass es für meinen Vater keine großen handwerklichen Herausforderungen gab. Vielmehr galt es, pünktlich zu kommen, pünktlich zu gehen und schön brav ein wichtiges Rad im Getriebe zu sein oder zumindest so zu tun, als ob man es sei, um sich möglichen Ärger zu ersparen.

Als Leiter eines großen Familienunternehmens ließ es sich der Chef nicht nehmen, jeden Morgen mit dem Fahrrad durch die Werkshallen zu fahren, um nach dem Rechten zu sehen. Manchmal soll er sogar angehalten und sich mit seinen Mitarbeitern unterhalten haben. Ob er meinem Vater jemals ein Wort gewechselt hat, kann ich nicht sagen. Ich gehe eher davon aus, dass sie sich vom Sehen her kannten und sich auf distanziert-höfliche Art grüßten.

Mitte der sechziger Jahre zogen wir also von der Stadt in die Provinz, von Paderborn nach Harsewinkel, in das ostwestfälische Städtchen mit dem Spökenkieker, der vor dem Rathaus steht und jeden Besucher schon aus der Ferne sehen kann.

Woher der Name Harsewinkel stammt, ist nicht eindeutig geklärt. Es gibt zwei Thesen. Erstere besagt, dass „Harse" in „Harsewinkel" eine Ableitung des englischen Begriffs „Horse" (Pferd) ist. Jedoch ist schwer nachvollziehbar, wie ein englischer Begriff in einen deutschen Städtenamen kommt. In der Praxis ist „Horse" schon von Bedeutung, denn in und um Harsewinkel gab und gibt es viele Pferde. Auch auf dem Wappen der Stadt ist ein Pferdekopf abgebildet. Der Stadtchronik zufolge handelt es sich, etymologisch gesehen, bei dem Namen Harsewinkel also um „Horsewinkel", also Pferdewinkel.

Eine andere These, die ich einmal gehört habe (wobei ich nicht weiß, ob uns das in der Schule oder sonst wo erzählt wurde), ist, dass „Harse" ein Fluss in dieser Stadt war, der früher einmal irgendwo entlanggeflossen ist. Ob das stimmt? Wer weiß das schon! Überhaupt stellt sich die Frage, inwieweit das irgendjemanden interessiert.

Wenn mich heute jemand fragt, woher ich komme, und ich antworte, dass ich aus Harsewinkel stamme, dann ist immer Gelächter im Raum. Für viele Menschen klingt der Name lustig und verspielt, und nicht wenige vermuten, dass Harsewinkel etwas mit Hasen zu tun hat. Die Einheimischen, die schon ewig in der Stadt wohnen und sich nicht mit dem zufrieden geben, was in dieser Stadt passiert, meinen allerdings – und das ist auch nachvollziehbar –, dass Harsewinkel eine Stadt ist, in der sich Fuchs und Hase noch frohe Ostern wünschen. – So viel zu den Ableitungen und Bedeutungen des Namens.

Wer aus südöstlicher Richtung nach Harsewinkel fährt, dem fallen schon von weitem zwei Objekte auf: Zum einen sticht die Domspitze der Stadt sofort ins Auge. Wie auf einem Thron wacht die Kirche über die Geschicke ihrer Schäfchen. Zum anderen empfängt dich an der Ortseinfahrt eine Schutzengelmadonna mit offenen Armen und signalisiert dir, dass du herzlich willkommen bist.

Die Bedeutung dieser Objekte hat einen geschichtlichen Hintergrund. Diesen möchte ich hier nicht weiter ausbreiten, sondern nur darauf hinweisen, dass der Katholizismus und die damit verbundenen Einflüsse ein wichtiger Teil der Stadt und seiner Einwohner sind. Doch davon später mehr.

Der Bahnhof von Harsewinkel liegt versteckt zwischen hohen Birken- und Ahornbäumen am östlichen Ende der Stadt. Kein Schild zeigt Ortsfremden, wo man ihn findet, und wenn man ihn gefunden hat, steht man vor einem alten Haus, das wie im Winterschlaf liegt. Aber es gibt eine Straße, die „Am Bahnhof" heißt, und am Ende dieser Straße steht das Hotel Haus Bergmann. Die Besitzer dieses Hauses erbauten das Haus etwa zeitgleich mit der Eröffnung der Bahnlinie; das muss in den sechziger Jahren gewesen sein, vielleicht auch früher. Jeder in Harsewinkel ankommende Gast fand dort Essen und Quartier.

Erst neulich stattete ich dem Bahnhof in Harsewinkel wieder einen Besuch ab. Er wirkt verlassen und einsam, wenn man sich ihm nähert. Die Wände sind mit Graffiti bemalt und hier und da liegen Bierflaschen und sonstiger Müll herum, Zeichen nächtlicher Treffen an einem ruhigen Ort.

Und noch etwas anderes erinnert an früheres Leben und Betriebsamkeit: Die Fahrradständer stehen immer noch da, wo sie immer standen. Wenn man vor dem Bahnhof steht, sieht man sie links unter einer Blechüberdachung, die von einem großen Baum geschützt wird. Das Bahnhofsschild hängt noch über den zweistöckigen Gebäude, und auch die Laterne, die abends das Schild beleuchtet, wirkt so, als sei sie gerade erst erloschen.

Den hinteren Teil des Bahnhofs bildet eine Zufahrt, die zum größten Teil noch aus Kopfsteinpflaster besteht, Baumaterial, das an die Zeiten der Pferdekutschen und Reiter zu Pferd erinnert. Vom Bahnhofsgebäude bis zu dem Abfahrtsgleis sind es gerade einmal zehn Meter; alles wirkt einfach und unkompliziert, ein kleiner ostwestfälischer Provinzbahnhof. Ein weiteres Gleis führt zu einer kleinen Lagerhalle direkt neben dem Bahnhofsgebäude; hier wurden Güter mit der

Bahn angeliefert oder abgeholt. Etwa hundert Meter weiter stehen die Lagerhallen der Genossenschaft; sie bunkerten landwirtschaftliche Produkte aus der Region für den Weitertransport an irgendeinen Ort der Welt.

Im Sommer trat Öl aus den hölzernen Gleisbohlen und erzeugte einen eigenartigen Geruch, den ich heute noch bei heißem Wetter wahrnehme. Als wir Kinder draußen spielten, konnten wir oft das Tuten der Diesel- oder Elektrolok hören, wenn sie einen Bahnübergang querte. Auch heute noch höre ich denselben Klang in einer Art und Weise, so als ob die Zeit stehen geblieben ist.

Uns Kindern wurde gesagt, dass wir keine Steine oder sonstige Gegenstände auf die Gleise legen durften, weil sonst die Eisenbahn entgleisen könnte. Manchmal legten wir Ein-, Fünf- oder Zehn-Pfennig-Stücke auf die Gleise, legten uns auf die Lauer und warteten, bis die Eisenbahn laut tutend immer näher kam, bis sie schließlich schnaufend über unsere Münzen fuhr und sie plattwalzte. Es war ein herrliches Gefühl, als wir dann aus unserem Versteck kamen und uns den Gleisen näherten, um das Resultat unserer kreativen Aktion zu betrachten.

In den sechziger und siebziger Jahren fuhr hier noch die Teutoburger-Wald-Eisenbahn Richtung Gütersloh und in entgegengesetzter Richtung nach

Halle in Westfalen. Heute hält kein Zug hält mehr am Bahnsteig, die Zeiten des dörflichen Personenverkehrs mit der Eisenbahn sind längst Vergangenheit. Heute donnern nur noch Waggons mit Mähdreschern des einheimischen Landmaschinenherstellers auf dem Weg zu ihrem Bestimmungsort über die Gleise, ansonsten ist tote Hose. Es gab viele Versuche, den Personenverkehr wieder aufleben zu lassen, aber bis heute ist, aus welchen Gründen auch immer, nichts passiert.

Die Werkshallen des Landmaschinenherstellers wurden entlang der Bundesstraße 513 gebaut. Er gibt den meisten Einwohnern der Stadt Brot und Arbeit und sichert den Wohlstand der Region. Vor dem Zweiten Weltkrieg entwickelte das Unternehmen nützliche Dinge für die Heuernte, zum Beispiel ein technisches Gerät, das Heuballen zusammenknoten kann. Es wurde in eine eigens dafür konstruierte Maschine integriert. Das Ergebnis ist ein tadellos aussehendes, viereckiges Heubündel, das man nach der Heuernte in Ostwestfalen auf vielen Feldern bestaunen kann.

Später entwickelten und bauten die findigen Ingenieure große, komplexe Erntemaschinen, die sie bis heute weltweit vertreiben. Die Stadt zeigte ihre Dankbarkeit auf vielfältige Weise: So tragen Straßen und Schulen den Namen der Firmengründer, mittlerweile erinnern auch die Ortsein-

gangstafeln daran, dass hier nicht nur „Harse",
also „Horse" (Pferde) zu Hause sind, sondern auch
Mähdrescher und Landmaschinen das Bild der
Stadt mitgeprägt haben. Kurzum, vieles hier im
Ort erinnert an die Geschichte des Konzerns. Auch
die Stadtchronik betont die herausragenden Leistungen der Firmengründer, die viele Arbeitsplätze
geschaffen und der Stadt zu Wohlstand verholfen
haben.

Was allerdings die vielen tausend Mitarbeiter
betrifft, die durch ihren Fleiß und ihre Mühe das
Unternehmen zu dem machten, was es heute ist –
von ihnen lesen wir weder in der Stadtchronik
noch finden sich sonst wo Spuren ihrer persönlichen Identität. Ihre Namen standen auf den
Stempelkarten vor der Stechuhr am Werksein-
gang, wo ihr Kommen und Gehen täglich, stünd-
lich, ja minütlich dokumentiert wurde. Ich kenne
fast niemanden in der Stadt, der nicht direkt oder
indirekt in irgendeiner Weise mit dem Unternehmen zu tun hatte, sei es durch langjährige Mitar-
beit oder eine kurzfristige Anstellung in den
Schulferien. Wenn ich heute an der Hauptstraße
entlanggehe, wo sich die Fabrikhallen befinden,
höre ich immer noch das Geräusch der Stahlpres-
sen, die ein sonderbares Geräusch von sich geben,
sobald ein Blech in Form gebracht wird: Es ist ein
dumpfer Knall, der sich anhört, als fällt ein riesiger

Gegenstand aus großer Höhe auf den Boden und bleibt dort liegen.

Dort, wo die Bundesstraße 513 in nördlicher Richtung wieder aus der Stadt hinausführt und wo langsam die Umrisse der Bauernschaften zu erkennen sind, lag das Haus, in das wir Mitte der sechziger Jahre einzogen: ein Neubau mit vier Wohnungen, ausgerichtet für Familien mit mindestens zwei Kindern. Wenige hundert Meter weiter wurden Siedlungen mit großen Häusern gebaut, die jeweils zehn Wohnungen und mehr umfassten.

Woher all die Menschen kamen, die dort einzogen, wusste ich damals nicht. Mittlerweile weiß ich, dass die meisten von ihnen Arbeitsmigranten waren, die von überall her kamen und dort einzogen, um sich hier ihr Brot zu verdienen. Eine ganze Nachkriegsgeneration auf der Suche nach dem Glück, Arbeiter, die sich kein Eigenheim leisten konnten – zumindest vorerst nicht. Hauptsache, man hat Arbeit, und für den Rest sorgt die Frau.

Wir bezogen 1965 unsere neue Wohnung. Wir, das sind meine Eltern, meine zwei älteren Brüder, meine jüngere Schwester und ich. Wir hatten eine Vierzimmerwohnung mit Balkon (der war damals eher ein Lagerungsort für irgendetwas und nicht, wie heute, ein Ort zum Relaxen). Auf der anderen

Straßenseite, die wir vom Balkon aus sehen konnten, befanden sich zwei große Öltanks des heimischen Landmaschinenherstellers.

Zum Haus gehörten eine Rasenfläche und vier Parzellen zum Gemüseanbau. Es war üblich, sich selbst mit Obst und Gemüse zu versorgen. Allerdings nutzte nicht jeder diese Möglichkeit. Bis auf einige Erdbeersträucher und Rhabarberstauden gab es bei uns nichts zum Ernten, wobei die Ernte meist innerhalb weniger Stunden von uns Kindern aufgegessen wurde.

Die Umgebung um unser Haus musste einmal Ackerland gewesen sein, weil einige Meter entfernt noch größere Ackerflächen bewirtschaftet wurden. Nebenan lebte eine ältere Bäuerin, in deren Garten ein riesiger Kirschbaum stand. Wenn die Kirschen reif waren, stand immer eine Kinderschar vor dem Haus, die sich lärmend und schmatzend über die Großzügigkeit der Bäuerin freute. Sie verdiente sich noch etwas Geld mit dem Verkauf von Weihnachtsbäumen, die sie hinter ihrem Haus anpflanzte.

Als wir Mitte der sechziger Jahre die neue Wohnung bezogen, war das für meine Eltern und uns Kinder ein neuer Lebensabschnitt. Damals und aus einigem Abstand betrachtet war es eine Reise ins Ungewisse, besonders da meine Eltern in finanzieller Abhängigkeit leben mussten. Sie kamen beide aus bescheidenen Verhältnissen, und das Geld war knapp, besonders am Ende eines Monats. Am Job meines Vaters hing unsere gesamte Existenz: Miete, Kleidung, Verpflegung, einfach alles. Meine Mutter ging später abends putzen, um die Haushaltskasse aufzubessern. Mein Vater hatte noch einen Nebenjob in einer nahe gelegenen Gaststätte, wo er in der Küche oder im Ausschank aushalf. Dementsprechend war er auch selten zu Hause – und wenn, dann lag er meist schlafend auf dem Sofa.

Das Lebensgefühl dieser Zeit war eine Mischung aus Demut und Dankbarkeit: Demut vor der Chance, nicht mehr wie in den Jahren direkt nach 1945 leben zu müssen (also moralisch und materiell ausgebrannt), und Dankbarkeit für einen neuen Arbeitsplatz, der ein Sprungbrett und eine Chance für Wohlstand und Sicherheit bot. Wir sollten es besser haben als unsere Urgroßeltern und wir wollten es anders machen als sie. Wir hatten zu essen und zu trinken und ein Dach über dem Kopf. Die sechziger Jahre ermöglichten eine völlig neue Form des Wohlstands – natürlich mit sozialen Unterschieden, aber dennoch für alle Menschen. Jeder hatte das Gefühl, vom Wirtschaftsaufschwung zu profitieren.

Küche und Wohnzimmer waren das soziale Zentrum für die ganze Familie. Wir hatten zwei

Kinderzimmer: eines zum Schlafen und eines zum Spielen. Zwei Stockbetten für vier Kinder. Man war nie allein, und das fand ich als Kind sehr schön. Vor dem Schlafengehen wurden manchmal Geschichten vorgelesen, und ich konnte einfach zuhören und mich meinen Gedanken hingeben.

In der Küche stand ein Kohleofen, der die Wohnung mit Wärme versorgte. Darauf konnte man sogar kochen. Auch ein Gasherd stand in der Küche. Für seinen Betrieb mussten eigens Gasflaschen bestellt werden, denn eine zentrale Gasversorgung gab es noch nicht.

Duschen waren damals noch nicht weit verbreitet; überhaupt verstand man unter Hygiene etwas anderes als heute.

Badewannen erfüllten mehrere Zwecke. Als wir einmal unseren Nachbarn besuchten, der gern angelte, zeigte er uns seine Ausbeute des Tages: In der Badewanne schwamm ein großer, dunkler Aal nervös auf und ab – vermutlich war ihm bewusst, dass seine letzte Stunde geschlagen hatte.

Badewannen dienten bei Familienfesten auch oft als zusätzliches Kühlsystem. Mit reichlich Eis versehen kühlten sie die Bier- und Weißweinflaschen für das bevorstehende Gelage. In einer Badewanne wurde auch Wäsche gewaschen, denn eine Waschmaschine war ein Luxus, den sich nicht jeder leisten konnte. Für Kochwäsche gab es im

Haus eine eigens dafür vorgesehene Waschküche, die die Mieter des Hauses jeweils an bestimmten Tagen nutzen konnten. Um das Wasser zum Kochen zu bringen, musste ein Feuer unter dem riesigen Bottich entfacht werden. Dann wurde die weiße Wäsche darin in Lauge gekocht. Getrocknet wurde sie anschließend auf dem Dachboden.

Unsere Toilette war schon separat gebaut worden und war – abgesehen vom Hobbykeller meines Vaters – der einzige Ort, an dem man einmal ungestört für sich sein konnte. Bei sechs Personen in einer Wohnung ist der Wunsch nach einem stillen Örtchen verständlich, und dementsprechend war die Toilette auch ständig besetzt. Man konnte dort wunderbar Zeitungen oder Comics lesen, die dort reichlich deponiert waren.

Der Hobbykeller meines Vaters war heiliges Land. Ihn zu betreten erforderte seine Herausgabe des Schlüssels; schließlich hatten wir Kinder in seinem Refugium nichts zu suchen und wenn, dann nur, um etwas für ihn zu holen, was er dort deponiert hatte.

Wem Einlass gewährt wurde, der sah, wie es ihn ihm tickte. Fein säuberlich stapelten sich Kästen neben Kästen: große, kleine und mittlere, jeweils gefüllt mit Schrauben, Muttern, Unterlegscheiben, Holz- und Stahlnägeln, Flickzeug für Fahrräder und, und, und. Alles hatte er sorgfältig und penibel in mühevoller Kleinarbeit übersichtlich hergerichtet und auf Wandregalen deponiert. Mein Vater konnte gut Fahrräder reparieren; Reifen flicken war bei einer Familie mit vier Kindern fast täglich angesagt.

Neben dem Hobbykeller meines Vaters befand sich ein weiterer Vorratskeller. Soweit ich mich erinnern kann, stand darin nur eine alte Kartoffelkiste, die uns den Winter über mit Kartoffeln versorgte. Später diente der Raum als Spielkeller für meinen älteren Bruder – wobei „spielen" vielleicht etwas zu kindlich klingt. Vielmehr konnte man hier Dinge tun, die die Eltern nicht unbedingt wissen mussten, zum Beispiel rauchen, trinken oder sich mit Mädchen treffen, um rumzuknutschen.

Die Küche war das gemeinsame Zentrum, wo gegessen, geredet und gebügelt wurde oder Schularbeiten gemacht wurden. Hier fand das Leben statt.

Das Wohnzimmer hingegen war der Ort zum Fernsehen, der Verwandtenbegegnung oder auch der Spieletreff. Mitte der sechziger Jahre hatten wir noch keinen eigenen Fernseher, dafür aber Gesellschaftsspiele wie Canasta, Rommé oder Mensch ärgere dich nicht. Wenn es mal etwas Interessantes im Fernsehen gab, mussten wir beim Nachbarn fragen, ob wir mitgucken durften. Als wir endlich unseren ersten Schwarz-Weiß-Fernseher bekamen, war die Freude groß.

Am Samstagabend saß die ganze Familie vor dem Fernseher und sah die ZDF-Hitparade, einen Quotenhit, der seit Ende der sechziger Jahre lief. Dieter Thomas Heck präsentierte live im Fernsehen Chris Roberts, Cindy und Bert oder Marianne Rosenberg. Den Samstagabend-Spätfilm, der meist nach dem *Wort zum Sonntag* lief, durften wir manchmal auch sehen. Das war meistens ein Kriegsfilm mit Robert Mitchum, ein Western mit John Wayne oder der Abenteuerfilm *Im Reich des Kublai Khan* mit Horst Buchholz. Sonntagnachmittag gab es meist die Augsburger Puppenkiste mit *Urmel aus dem Eis* oder *Jim Knopf und die wilde 13*. Die Auswahl der richtigen Programms fiel nicht schwer: Es gab nur drei Programme und irgendwann war Sendeschluss.

3. Alltag im Dunstkreis des Spökenkiekers

Wir waren in der westfälischen Provinz gelandet, wo die Bauernschaften in unmittelbarer Nähe unserer Wohnung lagen und Beller oder Überems hießen. Dort lebten Familien mit Namen wie Erdhüter, Kubick oder Meier zu Rheda, wobei uns das „von" und „zu" im Namen so vorkam, als wären es Leute aus dem Landadel oder aus gutem Hause, wie man damals zu sagen pflegte. Irgendwie hatte man das Gefühl, als ob sie uns, den Arbeitsmigranten aus Paderborn, Asyl gewährten.

Fast jede Familie hatte drei bis vier Kinder, oft auch mehr. Keine Kinder zu haben erschien irgendwie verdächtig; da konnte dann etwas nicht stimmen. Heutzutage gilt es als Zeichen von Schwäche und Unvernunft, viele Kinder zu haben. Das ist das traurige Ergebnis einer wirtschaftlichen Grundhaltung, die stetiges Wachstum und Maximierung von Geld zur Tugend erklärt. Alles hat sich dem Diktat der Ökonomie unterzuordnen, der Einzelne zählt nichts. Der Deutsche scheint glücklich zu sein, wenn er schon als Jugendlicher an seine Rente denkt. Sicherheitsdenken geht über alles. „Geht's der Wirtschaft gut, geht's uns allen gut", so das Mantra der Kapitalistenmafia.

In meiner Kindheit gab es diese Form von Diskussion noch nicht. Kinder wurden eben gemacht, natürlich weil es noch kaum Verhütungsmittel gab, aber auch deshalb, weil es selbstverständlich war, Familie und Kinder zu haben. Dieses Familienmodell hat eine lange Tradition: Meine Eltern lernten es von ihren und diese von ihren usw. Kinder waren die Zukunft, weil sich diese als Erwachsene um ihre eigenen Eltern kümmern sollten. Dieses Familienmodell entstammt noch einer Zeit, wo es keine Sozialversicherungssysteme und staatliche Fürsorge gab. Meine Großeltern haben diese Zeit noch erlebt, auch wenn sie nie darüber sprachen.

Als ich klein war, waren Kinder noch selbstverständlich und das Leben in familiären Clans das Normalste auf der Welt. Wir kannten fast jedes Kind mit Vornamen und wussten, wo es wohnte, egal ob es aus einem sozial schwachen oder einem begüterten Elternhaus kam. Die sozialen Unterschiede wurden erst viel später sichtbar, als es um Berufsentscheidungen und Lebenswege ging: Da trennte sich die Spreu vom Weizen und man sah die Realität, wie sie ist. Als Kinder nahmen wir die sozialen Unterschiede noch nicht so deutlich wahr, außer dass wir zum Beispiel zu Hause keinen Lederfußball besaßen wie andere Kinder.

Ging man nach der Schule aus dem Haus, spielten immer ein paar Kinder Fußball und es war kein Problem, mitzuspielen. Egoismus gab es nicht im Besitz, sondern eher in der Frage, wer der beste Fußballspieler ist. Ich kann mich an Tage erinnern, wo unsere Straße voller spielender Kinder war. Ein beliebtes Spiel war Rollschuhhockey (wie Eishockey, nur mit Rollschuhen). Wer keinen echten Hockeyschläger hatte und sich auch keinen leisten konnte, bastelte sich aus einem Besenstiel und sonstigen Materialien ein Kunstwerk, das den gleichen Zweck erfüllte.

Die Mädchen spielten am liebsten Gummitwist, ein Spiel, das sowohl kognitive Vorbereitung als auch akrobatisches Können verlangt. Es braucht mindestens drei Personen, wobei sich zwei im Abstand von ungefähr einem Meter fünfzig gegenüberstehen und das gespannte Gummiband so an ihren Hüften fixieren, dass die dritte Person es noch halbwegs überspringen oder in entsprechende Formen bringen kann. Der Sinn dieses Spiels besteht darin, seine Geschicklichkeit und Wendigkeit unter Beweis zu stellen.

Auch das Seilspringen bzw. Seilhüpfen war eine beliebte Freizeitbeschäftigung. Mutters Wäscheleine war dazu bestens geeignet. Die Herausforderung besteht darin, die von zwei Personen gleichmäßig geschwungene Leine zu überspringen. Dazu musste man sich erst einmal dem Rhythmus der sich schwingenden Leine anpassen und den richtigen Moment des Sprungs abpassen.

Mein etwas älterer Bruder Thomas war an Sport nicht sonderlich interessiert. Er bastelte lieber an Flugzeugmodellen herum oder experimentierte mit seinem Chemiebaukasten. Zucker wurde in Reagenzgläsern über einem Bunsenbrenner verflüssigt und die Masse anschließend auf Butterbrotpapier gegossen. Das Ergebnis überzeugte geschmacklich niemanden der teilnehmenden Beobachter.

Thomas' Interesse an Astronomie war außerordentlich groß. Er fragte sich wohl immer, was das ist, was da abends so hell am Himmel leuchtet, und er kannte auch einige Sterne oder Himmelskonstellationen mit Namen.

Einmal, an einem lauen Sommerabend, es war schon ziemlich dunkel, lagen wir im Vorgarten auf dem Rasen und beobachteten den Himmel. Wir sprachen nicht, sondern gaben uns ganz der Faszination dessen, was wir am Himmel sahen, hin. Der Himmel war hell erleuchtet und voller Sterne, die auch uns beobachteten. Schweigend und voller Demut vor diesem faszinierenden Schauspiel hielt die Welt für einen Augenblick den Atem an.

Willie wohnte mit seinem älteren Bruder und seinem Vater direkt über uns. Woher sie kamen, ob sie Einheimische oder Zugereiste wie wir waren, weiß ich nicht mehr. Die Hausparteien sprachen nicht viel miteinander. Man grüßte sich freundlich, gelegentlich auch misstrauisch und ging seines Weges. Warum das so war – wer weiß? Offenbar wollte niemand etwas von sich preisgeben oder man war nicht bereit, sich einem Fremden zu öffnen.

Willie war da ganz anders. Er hatte keine Abgrenzungsängste, irgendwie fehlte ihm dieser natürliche Abstand oder die gebotene Distanz. Er war immer nett und freundlich. Wenn ich ihm im Treppenhaus begegnete, hatte er immer etwas Interessantes zu erzählen. Er sprach mit lauter, aber nicht aufdringlicher Stimme. Nichts an ihm war berechnend und gestellt. Schüchternheit war nicht sein Ding, er war einfach ein offener und ehrlicher Kerl.

Seine Leidenschaft galt dem Bau von Drachen, einfachen, aber effektiven Konstrukten aus Hölzern und Papier. Aus jedem Material konnte er etwas herstellen, was anschließend gen Himmel stieg; er konstruierte Flugmodelle, die jeden Bruchtest bestanden. Alles musste möglichst schnell zusammengebaut und dann in der Praxis erprobt werden.

Manchmal durfte ich Willie beim Drachenbau helfen. Dann zeigte er mir, wie man Mehl zu Kleister verarbeitet, denn einen typischen Alleskleber gab es noch nicht bzw. war finanziell eine schwere Belastung. Beim Schreiner um die Ecke fragte ich nach nicht mehr zu verwertenden Holzresten und ging mit meiner Ausbeute wieder zu Willie, der alle Materialien säuberlich nebeneinander ausbreitete und dann entschied, welche Hölzer es verdienten, in die Lüfte zu steigen. Aus zwei Hölzern formte er ein Kreuz, die Grundstruktur, und verband sie mit einer Schnur. Die Außenkanten des Holzkreuzes umwickelte er ebenfalls mit einer Schnur, damit sie dem Papier, was die ganze Konstruktion bedeckte, Halt verlieh. Mit dem frisch angerührten Kleister wurde dann alles verklebt und so entstand nach und nach ein schöner Flugdrachen. In die Mitte des Kreuzes wurden noch Löcher gebohrt, in denen die Flugleine befestigt wurde, und zur Stabilisierung des Drachens wurden – je nach Größe des Flugobjektes – mit Schnur umwickelte Papier- oder Grasbüschel am unteren Ende des Drachens angebracht. Fertig!

Der erste Testflug verlief meist zufriedenstellend, und als der Drachen eine gewisse Höhe erreichte, konnten wir, in aller Ruhe vor unserer Haustür sitzend, seine Flugbewegungen in allen

Ausprägungen beobachten. Zog man an der Leine, schlängelte sich das Produkt unserer Bemühungen steil nach oben; gab man Schnur nach, lockerte also die Leine, dann verlor der Drachen an Höhe.

Als ich eines Morgens aufwachte, hörte ich ein lautes Krächzen hinterm Haus. Da mein Zimmer zur Gartenseite lag, konnte ich gleich sehen, was es mit diesem Geräusch auf sich hat: Willie stand im Garten und auf seiner Schulter saß ein großer, schwarzer Vogel. Dieser fühlte sich sichtlich wohl. Die beiden schienen ein eingespieltes Team zu sein und gehörten wohl schon länger zusammen. Wie sie zueinander fanden, weiß ich heute nicht mehr; ich weiß nur, dass Willie mir erklärte, dass sein schwarzer Freund kein Rabe, sondern eine Dohle sei. Die elementaren Fluggesetze von Vögeln hat mir später in der Schule niemand mehr beige-bracht. Anschaulich gemacht hat sie mir dieser sonderbare, aber stets freundliche Willie, von dem ich bis heute nur weiß, dass er Drachen bauen konnte und eine Dohle sein bester Freund war.

Neben uns wohnte Familie Rux. Sie hatte zwei Kinder, Horst und Christiane. Der Vater sprach einen ausgesprochen lautstarken Berliner Dialekt. Was sie in die ostwestfälische Provinz trieb, kann ich heute nicht mehr sagen. Es sind Bilder und fragmenthafte Erinnerungen, die mir in den Sinn kommen, wenn ich an diese Familie denke. Ruxens besaßen in den siebziger Jahren schon einen großen BMW und einen Farbfernseher – sündhaft teure Luxusartikel, die sich kaum jemand leisten konnte. Manchmal nahm uns Herr Rux in seinem Auto mit und wir konnten die Annehmlichkeiten eines eigenen Autos am eigenen Leib erleben: Das waren Freiheit und Unabhängigkeit pur.

Peter wohnte mit seinen Eltern gleich um die Ecke. Sie hatten eine kleinere Wohnung als wir, aber sie waren ja auch nur zu dritt. Peter und ich wurden 1968 eingeschult und wir gingen in die gleiche Klasse. Bei ihm zu Hause stand im Wohnzimmer ein umgedrehter Kaffeewärmer, in dem viele Geldmünzen lagen. Die Eltern sparten für einen Farbfernseher. Die Lehmanns, so hießen sie, gehörten auch nicht zu den Harsewinkler Einheimischen, sondern kamen aus dem Sauerland. Wieso sie herkamen, interessierte mich damals nicht so sehr. Erst im Laufe der Jahre fiel mir auf, dass schon der Nachname eine Menge über die Herkunft eines Menschen aussagen kann.

Peter war ein stiller Freund und stets nett und freundlich. Da wir den gleichen Schulweg hatten, holten wir einander gelegentlich von zu Hause ab. Irgendwie war es für mich beruhigend zu wissen, dass man nicht allein zur Schule gehen muss, sondern dass es jemanden gibt, der einen begleitet.

Peter hatte eine schöne Handschrift, um die ich ihn beneidete, und bei Additions- und Subtraktionsaufgaben unterstrich er das Ergebnis zweimal mit einem Lineal. Er nahm seine Schulaufgaben sehr ernst, und seine Eltern wachten stets über seine schulische Leistungen (was ich von meinen leider nicht sagen konnte).

Auch seine Frühstücksgewohnheiten unterschieden sich stark von meinen. Wenn ich ihn manchmal morgens von zu Hause abholte, um gemeinsam mit ihm zur Schule zu gehen, saß er noch am Frühstückstisch und musste eine Art warmen Haferschleim aus einer Schüssel in sich hineinstopfen. Ob er so etwas mochte? Ich weiß es nicht, aber das war nichts für mich.

Gelegentlich trafen wir uns nachmittags, um etwas zu unternehmen. Eines Tages entdeckten wir im Sandkasten hinter dem Haus, wo er wohnte, einen kleinen, nein, einen großen Schatz: Im Sand vergraben lag eine große Anzahl von Fünf-Mark-Scheinen. Wie viel es genau waren, weiß ich nicht mehr, aber es waren eine Menge, sicher zehn Stück – ein Vermögen!

Nach dem ersten Schock, der uns klarmachte, dass wir jetzt reich waren, folgte die Nüchternheit der Frage nach dem rechtmäßigen Besitzer. Der ließ sich aber nicht ausfindig machen, und da niemand das Geld einforderte, sprachen wir uns in unserem Gerechtigkeitsempfinden den ganzen Betrag zu. Das Geld wurde nicht, wie heute, auf die Bank gebracht oder in Aktien angelegt, nein, vielmehr diente es der unmittelbaren Bedürfnisbefriedigung kleiner Kinder: Wir investierten in Süßigkeiten wie Haribo, Mars, Bounty und Milky Way. Solche Anlageobjekte ließen sich noch anfassen und sinnlich erfahren. Gleichzeitig boten sie uns die Möglichkeit, sie mit anderen Kindern zu teilen.

Nach einiger Zeit des Genusses mussten wir allerdings feststellen, dass unser Schatz doch nicht so groß war wie angenommen, und damit fand die süße Völlerei ein abruptes Ende.

Peters Wegzug aus Harsewinkel kündigte sich schleichend an. Er erzählte mir, dass seine Eltern beabsichtigten, wieder zurück ins Sauerland zu gehen; wann das genau sein würde, wusste er noch nicht. In die zweite Klasse gingen wir nicht mehr zusammen. Und wiedergesehen habe ich meinen Schulfreund auch nicht. Ein kleines Klassenfoto aus der ersten Klasse ist alles, was an unsere gemeinsame Zeit erinnert.

Ende der sechziger Jahre gab es noch keinen wirklichen Umweltschutz. Man warf den ganzen Müll einfach in die Mülltonne: Papier, Plastik, Glas und Essen. Was nicht in die Tonne passte und brennbar war, wurde an Ort und Stelle verbrannt, meist auf einer Wiese, die etwa zwanzig Meter von unserem Haus entfernt war. Das war für uns Kinder immer ein Spektakel, wenn sich die Kartonberge häuften und jemand das Feuer entfachte! Feuer machen und es am Brennen zu halten scheint im Mann offenbar einen Urinstinkt auszulösen. Allein das Zusehen machte schon Freude und war höchst spannend.

Mit Feuer konnten wir auch experimentieren, um Antworten auf physikalische Fragen zu finden, die für uns Kinder existenziell waren: Was passiert, wenn man ein Feuerzeug ins Feuer wirft? Was passiert, wenn man eine halb volle Dose Haarspray hineinwirft? Was passiert mit Plastik, wenn es verbrennt? Die Antworten auf diese und weitere Fragen erhielten wir durch bloße Beobachtung. Um die Gesetze des Feuers kennenzulernen, dazu brauchte es keine Schule.

Eine Packung Streichhölzer kostete 5 Pfennig, die Familienpackung mit zehn Schachteln 45 Pfennig. Wir rochen gern an den schwefelhaltigen Streichholzenden. Wenn wir diese entzündeten, entstand mit einem leisen Zischen plötzlich Feuer, ein Wunder der Natur für wenig Geld. Großartig!

Natürlich durften wir als kleine Jungs nicht mit Streichhölzern hantieren, denn das Credo der Erwachsenen hieß: „Messer, Gabel, Schere, Licht ist für kleine Kinder nicht." Doch die Faszination des Feuers war stärker als die Angst vor Strafe.

Einmal übertrieben wir es und warfen die angezündeten Streichhölzer wild durch die Gegend. Dabei traf eines davon ein unbeteiligtes Mädchen, das uns neugierig aus nächster Nähe beobachtete und dann schreiend nach Hause lief. Zu Hause gab es dann für uns die Höchststrafe: ein paar Schläge von Muttern mit dem Holzlöffel auf den Allerwertesten und anschließend ins Bett.

Warum damals das Ins-Bett-geschickt-Werden eine Strafe darstellte, weiß ich bis heute nicht. Es gab den Hausarrest, den Fernsehentzug, man musste ohne Abendessen schlafen gehen, es gab weniger Taschengeld und, und, und. Aber ins Bett gehen müssen? Ich weiß nicht, ob andere Kinder damals auch mit solch einer Strafe belegt wurden. Bei uns zu Hause kam es aber gelegentlich vor.

1968 sollte ich eingeschult werden. Jedes Kind musste vorher zur Untersuchung zum Amtsarzt in die Stadtverwaltung. Ich hatte höllische Angst vor dieser Prozedur: Ich mochte keine weißen Kittel, und die ganze Amtsatmosphäre war mir unbehaglich. Ein Amt roch damals noch so, wie ein Amt eben roch: irgendwie eigenartig, muffig, mittelalterlich. Auf alle Fälle wollte ich nicht, dass der Arzt mich untersuchte, und schrie aus Leibeskräften, sobald er auch nur andeutungsweise versuchte, mich anzufassen.

Trotz meiner Abwehrreaktionen war ich uneingeschränkt schultauglich. Immerhin etwas, dachte ich mir und war froh, dass ich alles überstanden hatte. Bei meiner Mutter allerdings hatte mein Verhalten einen schlechten Eindruck hinterlassen; offenbar befürchtete sie Schlimmes, wenn ich demnächst zur Schule ging. Wenn ich einer in ihren Augen uneingeschränkt zu schätzenden Person wie dem Amtsarzt schon trotze – wie sollte es dann erst bei den Lehrern sein? So oder ähnlich müssen ihre Befürchtungen gewesen sein, als sie mich zu Hause mit der Höchststrafe belegte und mich ins Bett verbannte. Noch heute ist es mir unverständlich, warum meine Mutter mir in dieser Situation nicht einfach beistand. Ich war doch noch ein Kind und hatte einfach nur Angst.

Überhaupt war das Bestrafen von Kindern so eine Sache, denn es galt, Autorität von Seiten der Eltern zu zeigen. Autorität war etwas, was sie selber noch als Kinder in Form von Drill, Unterwerfung, absolutem Gehorsam und Selbstverleugnung erlebten. Unter Hitler gab es nicht den freien Willen und keine persönliche Selbstentfaltung; jegliches Bedürfnis wurde zugunsten der Ziele des Naziregimes zurückgestellt. Der Führer gab vor, was gut und was nicht gut für den Menschen war. Gehorsam war gut, Ungehorsam schlecht, egal, ob er berechtigt war oder nicht. Und viele, wenn nicht gar die meisten glaubten, dass dies der einzige und richtige Weg zur Erlangung ihres Seelenheils war.

Sie glaubten so lange daran, bis dieses Gebäude aus Größenwahn und Rassenhass zusammenstürzte. Die Ernüchterung über die Realitäten des Krieges und die fassungslosen Verbrechen der Nazis ließ unsere Großeltern und Eltern verstummen. Fassungslos standen sie vor den Trümmern ihrer Handlungen. Egal ob sie aktiv daran beteiligt waren, schweigend zustimmten oder inneren Widerstand spürten – sie waren ein Teil dieser Maschinerie gewesen und fragen sich wohl bis heute, wie es überhaupt dazu kommen konnte.

Wie dem auch sei, autoritär waren meine Eltern eigentlich nicht, aber sie anerkannten die Autorität anderer. Aus welchen Grund auch immer hatten sie ein Problem damit, streng gegenüber uns Kindern zu sein. Schläge gab es bei uns zu Hause fast nie, zumindest keine, die wehtaten; stattdessen gab es diese merkwürdigen „Ab ins Bett"-Geschichten. Heute würde ich sagen, dass „ins Bett gehen" doch eher etwas Angenehmes ist und keinen Wert als Strafe hat. Es ist doch schöner, im Bett zu liegen und seinen Träumen nachzugehen, statt sich der unaufhaltsamen und hektischen Maschinerie des Alltags auszusetzen.

In meiner Jugend war das Leben noch nicht so hektisch und turbulent wie heute. Es gab keine riesigen Einkaufstempel, die Tag und Nacht die angeblichen Konsumbedürfnisse der Menschen befriedigen, keine IKEAs und Aldis, keine Pennys und Minipreise. Es gab den Lebensmittelmarkt um die Ecke, einen Edeka-Laden, und sein Betreiber hieß Herr Fressmann. Hier gab es alles, was wir zum Leben brauchten: vom Frühstücksbrötchen bis zum Sonntagsbraten, Milch und Coca Cola, Süßigkeiten und Micky-Maus-Hefte.

An der Kasse saß meist Adrian, ein Holländer, glaube ich. Warum er nach Harsewinkel kam, bleibt bis heute ein Geheimnis. Kein Geheimnis war, dass er auf Männer stand. Das erscheint eigentlich unbedeutend, aber damals, in den siebziger Jahren, haben sich die Leute das Maul über ihn zerrissen und sich über ihn lustig gemacht. Zu uns Kindern war er immer nett, wir mochten ihn.

Das Edeka-Geschäft wurde täglich von Frau Böser gereinigt. Mein Gott, was für eine starke Frau sie war! Sie hatte elf oder zwölf Kinder, vielleicht sogar dreizehn, so genau weiß ich das nicht mehr. Wir sahen sie meist im Hausfrauenkittel und Schlappen, und meistens trug sie einige Tragetaschen voll mit Lebensmitteln nach Hause. Sie wohnte ganz in der Nähe, und für ihre ganze Familie musste sie zwei Wohnungen mieten.

Manchmal war ich bei ihnen zu Besuch. Ihre Tochter Elke interessierte mich und so konnte ich an ihren Leben etwas teilnehmen. Es war irgendwie aufregend, denn so etwas wie Ruhe gab es dort nicht.

Eines Abends, ich war 13 oder 14 Jahre alt, war wieder dort und ich habe es bis heute nicht vergessen, wie Elke und einige ihrer Geschwister unter ihrem Bett Zigaretten und eine Flasche Bier hervorholten. Das war vielleicht aufregend! Wir hatten nicht den geringsten Zweifel daran, dass wir etwas Falsches oder Unanständiges taten. Wir wollten einfach etwas ausprobieren und es machte uns Spaß. Bei diesem einen Mal blieb es dann auch.

Gelegentlich trafen wir uns an einem kleinen Bach, der nicht unweit von unserem Wohngebiet an eine Bauernschaft angrenzte. Hier gab es weite Kornfelder, in denen man sich wunderbar verstecken konnte.

Eines schönen Sommernachmittags, der blaue Himmel zeigte sich mit Schäfchenwolken von seiner schönsten Seite, saß ich mit Elke allein im Kornfeld. Zum ersten Mal in meinem Leben konnte ich erleben, was der Unterschied zwischen Jungen und Mädchen eigentlich bedeutet. Elke hatte schwarze Haare, dunkle, makellose Haut und schöne, weiße Zähne. Sie war sexy. Sie trug einen mittellangen Rock, durch den etwas für Jungen sehr Interessantes schimmerte. Nach etwas Rumgeknutsche und Rumgemache durfte ich für einen kurzen Augenblick das sehen, was wir Jungs uns in unserer Phantasie ausmalten und in früh- pubertären Gesprächen erzählten. Bevor es richtig anfing, war es aber auch schon wieder zu Ende.

Ich merke, ich schweife ab und gebe mich meinen Phantasien hin, wie das eben so ist. Wenn man anfängt, über seine Kindheit nachzudenken, erscheinen plötzlich viele Bilder und Ereignisse, denen man lange nicht mehr so viel Aufmerk- samkeit geschenkt hat.

Manchmal denke ich auch an ein Mädchen, das auch in unserem Mietshaus wohnte. Das war An- fang der siebziger Jahre; ich war elf oder zwölf Jahre alt, so genau weiß ich das nicht mehr. Es war ein blondes Mädchen mit blauen Augen und ei- nem hübschen Lächeln. Ihren Namen habe ich leider vergessen, nicht aber ihr schönes Gesicht und ihre riesigen Ohrringe. Sie hatte ein feuriges und temperamentvolles Wesen und, was noch viel wichtiger war, sie mochte mich.

Das erste Mal traf ich sie im Sandkasten hinter unserem Haus. Kinder verstehen sich meist ohne Worte. Sie wissen, nein, sie spüren sofort, wer es gut mit ihnen meint und wer nicht. Das ist das Gesetz der Kindheit.

Eines Tages traf ich sie zufällig im Keller, und sie wollte sich mit mir unter der Treppe verstecken. Dort gab es eine kleine Nische, die Platz für zwei bot und die niemand, der die Kellertreppe hinunterstieg, direkt einsehen konnte. Warum sie sich dort mit mir verstecken wollte, weiß ich nicht mehr, aber ich ging mit. Wir saßen eng aneinandergelehnt in dem dunklen Verließ und lauschten, was so im Haus passierte. Aber es passierte nichts – keine Stimmen, keine Geräusche, es war einfach still im Haus und wir waren es auch. Es war aufregend, mit einem hübschen Mädchen in einer dunklen Ecke des Hauses zu sitzen und auf etwas zu warten, wobei du nicht weißt, auf was. Der Kopf denkt nicht, nur das Herz pocht wie verrückt.

Dann umarmten wir uns und schauten uns lange in die Augen. Sie fragte mich, ob ich schon einmal ein Mädchen geküsst hatte. Ich konnte nichts sagen, so verwirrt war ich. Dann umarmte sie mich und gab mir einen Kuss, der eine Ewigkeit dauerte. Wir sprachen nicht mehr. Wir waren einfach nur zwei Menschen, die sich umarmten und küssten. Ich habe sie nie wieder gesehen, aber meine Erinnerung an dieses schöne Erlebnis währt bis heute.

Das Interesse am anderen Geschlecht wird uns schon in die Wiege gelegt. Es gab ältere Jungs in unserer Straße, die taten so, als wüssten sie alles über Mädchen – meist das, was wir anderen noch nicht kannten und neugierig in uns aufnahmen. Woher sie diese Informationen hatten, blieb weitestgehend ein Geheimnis; man konnte nicht erkennen, ob sie real oder ein Produkt ihrer Fantasie waren. Letztendlich war es ja auch egal, in welcher Form sich diese Schauspieler inszenierten; viel interessanter waren die Informationen, die sie uns lieferten Es machte ihnen sichtlich Spaß, uns naiven Jungs die wildesten Sachen über die Geheimnisse von Männern und Frauen zu erzählen. Kein Detail wurde ausgelassen. Wir wussten nun, was uns in Zukunft erwartet, und freuten uns auf das Älterwerden und die damit verbundenen Annehmlichkeiten.

Überhaupt gab es eine Menge „Vorbilder", die uns zeigten, wie man Frauen anmacht. In unserer Straße waren einige Baustellen, und die Bauarbeiter tranken während der Arbeit ungeniert Bier und rauchten Zigaretten. Wenn sie ein weibliches Wesen, das die Straße querte oder sonst irgendetwas tat, erspähten, ertönte ein Pfeifen aus Richtung Baustelle, das eindeutig Interesse bekundete. Fast jeder Frau pfiffen sie hinterher und wir, die wir noch klein und unerfahren waren, dachten: Ja, so macht man das.

Erst viel später mussten wir schmerzlich erfahren, dass solche Anmachstrategien in den seltensten Fällen zum gewünschten Erfolg führten. Das Wort Belästigung kannten wir noch nicht, und dass wir mit einem solchen Verhalten als primitiv und proletenhaft abgestempelt wurden, war uns damals egal.

Überhaupt war das Leben als Kind bunt und facettenreich. Als wir in unsere neue Wohnung einzogen, wurde unsere Straße gerade fertiggestellt. Eine riesige Teermaschine und eine ebenso große Dampfwalze lenkten die Aufmerksamkeit der Anwohner auf sich. Niemand konnte sich der Faszination dieser modernen Technik entziehen. Wir verbrachten jede freie Minute mit dem Bestaunen dieser Kunst des Straßenbaus. Es roch nach heißem Teer und die Straße vibrierte, wenn die Dampfwalze darüberfuhr und alles gleichmäßig platt machte. Die Bauarbeiter schufteten in der prallen Sonne, tranken Alkohol und rauchten Zigaretten, meist Reval oder Roth-Händle – die sorgten für den richtigen Lungenkick.

Mit einem Straßenarbeiter freundete ich mich etwas an. Er war sehr nett und erzählte mir, dass er hauptberuflich Bauer ist und sich im Straßenbau etwas dazuverdient.

Eines Tages, als seine Kollegen und er wieder einmal unsere Straße mit Teer bearbeiteten, fragte ich ihn, wohin sie denn gehen, wenn sie mal auf Toilette müssen. Als Antwort bekam ich zu hören, dass sie nirgendwo hingehen, sondern sich einfach in die Hose machen. Diese Antwort hat mich lange beschäftigt. Als Kind ist man noch ziemlich naiv.

Im Herbst lud er meine Mutter und mich zu sich nach Hause ein und zeigte uns seine Obstplantage, von der wir reichlich Früchte mit nach Hause nehmen durften.

Sonntag wurden alle mit der damals beliebtesten Zeitung Deutschlands versorgt. Die *Bild am Sonntag* wurde direkt ins Haus geliefert, und zwar von einem Spanier, der die Zeitungen auf seinem Moped transportierte. Meist kam er am Vormittag in seiner eigenartigen Uniform und *Bild-am-Sonntag*-Mütze, nahm die Zeitung aus seiner großen Umhängetasche und überreichte sie meinem Vater, der diese Dienstleistung großzügig honorierte.

Die mobile Versorgung mit Milch organisierte Herr Dulias. Er besaß einen kleinen Transporter, eine Art rollenden Tante-Emma-Laden. Darin befand sich sein Schmuckstück, eine Milchzapfanlage, aus der er unsere Behälter mit Milch auffüllte. Schon von weitem kündigte er sich mit lautem Klingeln an. Sein Hauptgeschäft war Milch, aber er verkaufte auch andere Sachen für den täglichen

Bedarf: Brot, Käse, Tütensuppen, Süßigkeiten, Bier und Zigaretten. Wer nicht persönlich bei Herrn Dulias Milch kaufen konnte, stellte seinen Milchbehälter vor die Haustür und legte einfach das Geld darauf. Das funktionierte tadellos.

Der schlaue Geschäftsmann betrieb neben seinem rollenden Supermarkt noch ein kleines Lebensmittelgeschäft, das sich ein paar Straßen weiter befand. Dort gingen wir gern nach der Schule etwas einkaufen: Lakritze, Bonbons oder Esspapier für einen Pfennig das Stück.

Was für unsere Eltern Herr Dulias, das war für uns Kinder die italienische Eisdiele im Stadtzentrum. Sie hieß Eis-Molin und stand direkt gegenüber vom Dom. Hier gab es echten Espresso und Cappuccino – der ideale Treffpunkt für Multi-Kulti Anfang der siebziger Jahre. Einen Espresso zu bestellen war für mich mehr, als nur eine Koffeinbombe im Kleinstformat zu trinken, nein, es war Ausdruck einer progressiven Grundhaltung und eine Form der Akzeptanz kultureller Vielfalt.

Bei Eis-Molin war die südländische Atmosphäre ständig zu spüren: der Geruch von Kaffee und Zigaretten, Männer, die Zeitungen lesen oder sich angeregt unterhalten, Männer, die schweigen und einfach nur dasitzen, italienische Musik und der Chef im weißen Kittel – einfach großartig. Pietro war Herr über das, was Kinder glücklich macht: viele Eissorten, vom Meister selbst kreiert und ausgegeben. Zu uns Kindern war er immer nett und freundlich, wie alle, die dort arbeiteten.

Wenn wir nach der Schule Eis essen wollten, dann gingen wir zu Eis-Molin, und bei der Bestellung stellte Pietro stets die gleiche Frage: „Is egal, was?"

Seine Frau hieß Esmeralda und war ständig präsent. Der deutschen Sprache war sie nicht so mächtig. Besonders das „sch" machte ihr zu schaffen; daraus machte sie immer „s". Wir trieben immer den gleichen Scherz mit ihr: Wir wollten den Geschmack des roten Eises wissen. Natürlich wussten wir, dass es Kirsche war, ließen es uns aber nicht nehmen, Esmeralda zu fragen: „Was ist das für eine Sorte Eis?" Prompt kam die Antwort: „Das Kirse!" So bestellte jeder von uns, einer nach dem anderen, ein Eis mit „Kirse". Und am nächsten Tag bestellten wir wieder ein Eis mit „Kirse".

Ich glaube, sie nahm es uns nicht übel, dass wir mit ihr immer den gleichen Scherz machten. Sie war ein Unikat der Stadt und gehörte genauso hierher wie der Spökenkieker vor dem Rathaus.

Die „Außenstelle" von Eis-Molin leitete „Dr. Bohne". Der Sound seines Vespa-Dreirades war schon von weitem zu hören. Das Mööp-mööp seiner Hupe verriet, dass Dr. Bohne in der Nähe war. Sein rollendes Gefährt war einzigartig und hob sich durch seine exotische Erscheinung von anderen Fahrzeugen ab. Mit viel Phantasie wurde die Vespa aufgemotzt. Riesige, bunte Eistüten schmückten das Gefährt und verleiteten zum Kauf.

Es gab Eis im Hörnchen und Eis im Becher. Ein Hörnchen mit vielen Eiskugeln zu bestücken war schwieriger, als den Eisbecher zu füllen. Bei Hitze schmolz das Eis sehr schnell; dann galt es, sich zu beeilen, sonst lief das Eis an der Eistüte herunter über die Finger und tropfte auf den Boden. Ein Becher hatte in diesem Fall Vorteile, weil das geschmolzene Eis im Becher blieb und auch als Kaltgetränk gut schmeckte.

4. Untaugliche Väter und überforderte Mütter

Meinen Vater kenne ich eigentlich gar nicht richtig. Ich weiß wenig darüber, welche Ansprüche er an das Leben hat und wie er über manche Dinge denkt. Und ich weiß auch nicht, wie er über mich denkt. Ich habe ihn nie danach gefragt. Irgendwie erschien mir das immer überflüssig und sinnlos, weil er mir ständig signalisierte: Komm mir nicht zu nahe, Gefühle überfordern mich, ich will nicht mit dir reden. Daher gibt es so gut wie nichts, was ich über seine Innenwelt sagen könnte. Als Kind hatte ich sein Verhalten als normal angesehen und nie darüber nachgedacht. Denn ich hatte ja noch meine Mutter und meine drei Geschwister, an die ich mich wenden konnte.

Mein Vater wurde 1936 in Ergste geboren. Ergste ist ein Stadtteil von Schwerte und liegt im Ruhrgebiet. Die Volksschule besuchte er bis zur siebten oder achten Klasse – und das war es dann auch. Als der Krieg zu Ende war, war mein Vater neun Jahre alt.

Über seine Schulzeit während des Krieges sprach er nie, ebenso wenig über die Zeit danach. Bei ihm hatte ich immer das Gefühl, dass er seine Vergangenheit verdrängt, aus welchem Grund auch immer. Bildung, Kultur oder sonstige geistige Betätigung gab es in seinem Leben so gut wie gar nicht, wenn man einmal von seinem Interesse an Musik und Fußball absieht. Er schämte sich wohl ein wenig dafür, dass er aus seinem Leben so wenig gemacht hatte oder machen konnte. Möglicherweise fehlte ihm etwas im Leben, möglicherweise gab es für ihn wenig berufliche Wahlmöglichkeiten und Chancen.

Das Leben ist so, wie es ist. Die einen genießen das Leben in Geborgenheit und Wohlstand, andere erwischt es kalt und erbarmungslos, weil ihre Eltern nicht in der Lage sind, einem Kind das zu geben, was es braucht.

Mein Opa, also sein Vater, war eine eher unterkühlte Person und ein guter Schauspieler, der sich nicht in die Karten schauen ließ. Von ihm weiß ich gar nichts. Von außen wirkte er ein wenig wie ein Snob für Arme oder eine Art Dandy aus dem Ruhrgebiet.

Kürzlich habe ich ein altes Porträtfoto von ihm gesehen, wie er im feinen Anzug und Zigarette rauchend den lässigen und coolen Mann von Welt verkörpern wollte. Ich kann mich nicht daran erinnern, dass er jemals an mir oder an meinen Geschwistern Interesse gezeigt hat. Er hatte an uns, den Kindern seines Sohnes, einfach kein Interesse, vermutlich auch nicht einmal an seinen eigenen Kindern, von denen er drei gezeugt hatte. Seine

Vorliebe galt den Männerkameradschaften in Kneipen und sonstigen Spelunken, wo er sich zu Hause fühlte und den gepflegten Suff kultivierte. Entsprechend war er Vorbild für meinen Vater, der sich als gelehrsamer Schüler zeigte und bis heute seinen Vater nachahmte.

Meine Oma väterlicherseits habe ich nie kennengelernt, aus welchem Grund auch immer. Sie war bei keiner Familienfeier anwesend. Als Kind habe ich mich nie gefragt, warum. Viele Jahre später, als ich neugieriger wurde, was Familienfragen betrifft, erzählte mir meine Mutter, dass sie sich zu Hause umgebracht habe. Sie drehte einfach den Gasherd auf und setzte so ihrem Leben ein Ende. Später hat mein Opa noch einmal geheiratet. Aber auch seine zweite Frau habe ich nie zu Gesicht bekommen. Sie starb Mitte der achtziger Jahre an Krebs.

Doch zurück zu meinem Vater. Wie gesagt, über sein früheres Leben weiß ich so gut wie nichts. Er fand es wohl auch nicht so wichtig, seinen Kindern etwas davon zu erzählen. Überhaupt war er sehr schweigsam; einen liebevollen Vater habe ich nie kennengelernt. Er hielt uns stets auf Distanz, er fühlte sich für uns einfach nicht zuständig.

In jungen Jahren hatte er es einmal als Koch versucht. Er bekam einen Lehrvertrag, aber schmiss nach einigen Monaten alles hin. Er hat nie eine Ausbildung zu Ende gemacht.

Das Leben ist gnadenlos mit denen, die sich den Ansprüchen der Gesellschaft gegenüber verweigern. Dann wird man entweder Denker, Schriftsteller, Sozialdemokrat, Kaufmann oder sonst wie erfinderisch, oder aber man findet sich im Kreislauf einer lebenslangen Mühsal von Abhängigkeiten und Widerwärtigkeiten des Berufslebens wieder. In diesem Fall hinterfragst du nichts mehr und brauchst auch nicht mehr zu denken; das tun jetzt andere für dich, an die du dich verkaufen musst. Wichtig ist einzig und allein, dass du brav das Getriebe des Kapitalismus schmierst und dich bemühst, ein guter Knecht und Untertan zu sein. Das Leben, das du zu führen hast, wird dir von nun an vorgegeben. Widerstand ist zwecklos und mit Hartz IV bestraft – dieses Leben wäre dann noch übler als das vorherige.

Wie viele Männer seiner Generation trug mein Vater eine Elvistolle. Die Haare wurden mit reichlich Pomade nach hinten gekämmt. Sein musikalisches Vorbild war Elvis. Elvis, der junge Rebell und weiße Bluessänger aus Memphis: Wenn er mit seinem Glitzergewand die Bühne betrat und seinen Hüftschwung vorführte, rasteten die Frauen aus. So etwas Wildes und Unanständiges hatte es im preußischen Deutschland bisher noch nicht gegeben. Elvis war der Anarchist, der Womanizer, der Verführer und lässige Musiker, ein Vorbild für die Generation meines Vaters. Er verkörperte die Sehnsucht der Jugend nach Rebellentum und Aufstand, nach Exzess und wilden Partys, er war das Sinnbild des ungestümen und ausschweifenden Lebens. Für die Jugend von Nachkriegsdeutschland verkörperte Elvis ihre ungelebte Seite.

Irgendwann war Elvis tot und nicht mehr interessant. Es blieb bei der Tolle und dem anfänglichen Enthusiasmus. Überhaupt drang „the King", wie ihn alle nannten, nicht in die kleinbürgerlichen Städte und Dörfer, ähnlich wie später die Hippiebewegung Ende der sechziger Jahre, die dort auch nicht mehr als bunte Kleidung, das Tragen von Ohrringen und manch englisch singende Lagerfeuermusikanten hervorbrachte.

Die Ausschweifungen und das Rebellentum meines Vaters bezogen sich eher auf Saufgelage in der Kleinstadtkneipe am Eck, die meist samstagsabends oder am Sonntagvormittag stattfanden. In Männerrunden zu sitzen und sein gezapftes Bierchen vom Fass zu trinken war für ihn das Highlight der Woche. Mit seinen Kindern und seiner Frau etwas zu unternehmen, geschweige denn, sich überhaupt für seine Familie zu interessieren, das war nicht das Ding meines Vaters. Für die Erziehung seiner Kinder fühlte er sich nicht zuständig, denn er schaffte ja die Kohle ran und seine Sauferei am Wochenende hatte er sich verdient, weil er die ganze Woche auf Arbeit war.

Er vertrug eigentlich gar keinen Alkohol. Manchmal, wenn er am Sonntagmittag betrunken vom Frühschoppen nach Hause kam, legte er sich ins Bett und fing an, sich zu übergeben – sehr zum Ärger meiner Mutter, die dann das Ehebett neu beziehen musste.

Ein- oder zweimal nahm er mich mit zu seinen Trinkkumpanen, da war ich 11 oder 12. Dort konnte ich sehen, in was für einer Welt er am Wochenende lebte. Da war sie, die heilige Männerrunde, die Welt der Arbeiter: zwanzig, dreißig Männer, die an der Theke saßen und ihre Rituale pflegten. Wie Hühner auf der Leiter sahen sie aus und das Gegacker war unüberhörbar. Am allerwichtigsten war, dass das leer getrunkene Glas Bier vom Gastwirt bemerkt und gleich in ein volles umgetauscht wurde. Der Biereinlauf durfte nicht durch Unachtsamkeit unterbrochen werden. Immer ein volles Glas vor sich stehen zu haben war Ausdruck hoher Kneipenkultur.

Zu fortgeschrittener Stunde und mit ordentlich Sprit im Kopf gab es dann natürlich auch eine Gesangseinlage: „Scheiße auf der Kirchturmspitze, he ladi ladi lo, stinkt bei Regen und bei Hitze, he ladi ladi lo".

Kinder auf Bier zu eichen war Aufgabe des Wirtes. Normalerweise bekamen wir Dunkelbier zu trinken, das ähnlich schäumte wie echtes Bier. Um uns an die Männerrituale heranzuführen, gab es manchmal einen Schuss echtes Bier in unser Glas – meist dann, wenn wir so taten, als würden wir dem Wirt keine Aufmerksamkeit schenken.

Manchmal schickte der Vater meinen älteren Bruder und mich zum Kiosk am Eck. Dort sollten wir für ihn die *Praline* oder die *Sexy* kaufen, Zeitungen voll mit nackten Frauen, die sich in anzüglichen Posen im Bett zeigten. Mein Vater hatte sich wohl nie Gedanken darüber gemacht, ob es anständig ist, seine eigenen Kinder dafür zu benutzen. Ich denke, mein Vater war einfach zu faul, sich selbst seine Wichsvorlagen zu organisieren. Ich weiß nicht einmal, ob meine Mutter das mitbekommen hat, aber ich denke, sie wusste es. Wir haben uns in unserer jugendlichen Neugier natürlich auch angesehen, was uns da verkauft wurde. Den Verkäufer hatte es nicht sonderlich interessiert, dass wir noch minderjährig waren.

Als ich eingeschult wurde und das erste Mal in die Schule ging, interessierte das meinen Vater überhaupt nicht. Was wir in der Schule machten, welche Lehrer uns unterrichteten, welchen Stoff wir durchnahmen, welche Freunde wir dort trafen – ich kann mich nicht daran erinnern, dass er mal fragte oder in irgendeiner Weise daran Anteil nahm. Er unterschrieb halbjährlich unsere Zeugnisse und damit hatte es sich. Erziehung war nicht sein Ding. Beim Elternsprechtag war er nie; er wollte einfach nichts davon wissen.

Mein Vater interessierte sich hauptsächlich für Fußball. Wer aus dem Ruhrgebiet kommt, weiß, welchen Stellenwert diese Sportart dort besitzt. Schalke 04 war sein Verein, seine Familie, sein Auf- und Untergang. Er kannte die wichtigsten Spielergebnisse, so wie er sich überhaupt gut in der Bundesliga auskannte. Seine Welt erschien regelmäßig am Wochenende in der Sportschau, und da gabs für ihn dann nichts anderes mehr. Der Fernseher war der Mittelpunkt unserer Wohnung, er stand mitten im Wohnzimmer. Die Couch gehörte meinen Vater. Er lag darauf lang ausgestreckt, als ob das das Selbstverständlichste auf der Welt ist. Wir Kinder durften auf dem Boden oder im Sessel sitzen, die Coach war für uns tabu.

So etwas wie Nähe gab es bei uns zu Hause nicht, zumindest nicht mit meinem Vater. Eine Umarmung, Anerkennung, Ermutigung bei Fehlschlägen oder einfach nur etwas Trost, wenn wir traurig waren – das war nicht das Ding meines Vaters. Gefühle zeigen oder gar aussprechen, das konnte er einfach nicht. Er lebte in seiner eigenen Gefühlswelt und war nicht in der Lage, sie jemand anderem mitzuteilen, nicht einmal seiner eigenen Frau.

Ich habe meinen Vater selten glücklich gesehen, aber auch selten traurig. Ich wusste nie, wie es ihm eigentlich ging, er zeigte niemandem sein wahres Ich. Welche Verletzungen er mit einem solchen Verhalten bei anderen auslöste und welche Enttäuschungen damit verbunden waren, darüber hat er sich nie Gedanken gemacht.

Mein Vater besaß viele Anzüge, und das, obwohl er eigentlich nie einen brauchte, zumindest nicht in seinem Arbeitsleben. Sie hingen fein säuberlich aufgereiht und in unterschiedlichen Farben im großen Schlafzimmerschrank meiner Eltern. Die Kleidung unterstrich seine Eitelkeit und polierte sein Ego auf. Wenn man sonst schon nichts zu bieten hat, tut man eben nach außen so, als sei man ein Mann von Welt. Seine Anzüge von der Stange dienten überwiegend dem wochenendlichen Treiben in der Stadt, wo er sich gern an die Theke setzte und sich gepflegt einen ansoff. Auch auf Schützenfesten war er gern zugegen. Meist traf ich ihn schon mittags nach der Schule leicht angesäuselt und manchmal auch in Begleitung ebenfalls leicht angesäuselter Frauen, die ihm offenbar gefielen. Wenn er etwas intus hatte, konnte er liebevoll, charmant und freundlich sein und flüsterte den Frauen ins Ohr, was sie hören wollten.

Manchmal denke ich, dass er ein Gefühls-krüppel war, der sich schon bewusst war, was mit seinem Gefühlsleben passierte, es aber nie schaffte, diesen Zustand zum Positiven zu verändern. Er fand keinen Weg zu seinem wirklichen Ich, dort-hin, wo die Sehnsüchte und Träume zu Hause sind, sondern verschloss diese Schatztruhe für immer und versteckte sie tief in seinem Herzen. Er war ein nützliches Glied der Gesellschaft, unauf-fällig, ruhig und gelassen, kam pünktlich zur Ar-beit und nahm dankbar den Lohnscheck am Mo-natsersten entgegen. Er musste nichts hinterfragen oder sein Leben neu ordnen. Sein Platz wurde ihm von anderen zugewiesen, er hatte zu funktionieren und den Mund zu halten. Irgendwann akzeptierte er seine Rolle – was sollte er auch machen?

Wer aus dem System aussteigen will, muss entweder einen Sechser im Lotto haben, viel Geld erben oder sich von dieser Welt verabschieden. Die andere Möglichkeit, diesen Zustand zu ertra-gen, ist, eine Parallel- oder Gegenwelt zu bilden oder Fluchtpunkte als Ventile für den ertragenen Frust einzurichten.

Die Trinkhallen des Ruhrgebietes sind un-trennbar mit dem Aufkommen des Bergbaus und der Stahlindustrie verbunden. Sie waren Anlauf-stelle und sozialer Treffpunkt für die Arbeiter, die hier ihre Rituale und Gebräuche ausleben und weitergeben konnten. Hier konnten sie ihre Lage besprechen, sich organisieren und gemeinsam dem System von Unterdrückung und Ausbeutung ihren Anspruch auf Mitbestimmung entgegensetzen.

Ob mein Vater dieses System kollektiver Gegenwehr näher kennengelernt hat, wage ich zu bezweifeln. Außer natürlich beim Fußball, der Geist eines Kollektivbewusstseins wurde ihm durch Schalke 04 näher gebracht. Schalke – das war nicht nur ein Fußballverein, der in der Bundesliga spielte, sondern auch Ausdruck des kollektiven Bewusstseins einer ganzen Region, ein Verein, der die Arbeiterschaft repräsentierte, der mal ganz vorne mitspielte und manchmal vom Abstieg bedroht war, ein Verein also, der die ganze Palette menschlicher Gefühlszustände zu repräsentieren vermochte.

Mein Vater war mir immer fremd. Obwohl ich gern mehr Nähe zu ihm gehabt hätte, ist es mir bis heute nicht gelungen, diesen Wunsch zu realisieren.

Als ich um die 15 war, trennte sich meine Mutter von ihm. Sie ließ sich scheiden, weil sie ihn nicht mehr ertrug. Sie war so enttäuscht von seinem Verhalten, das er sowohl ihr als auch uns Kindern gegenüber zeigte, dass sie es vorzog, ohne ihn zu sein und ihr eigenes Leben zu leben.

Für meine jüngere Schwester war das sehr belastend. Sie konnte nicht verstehen, was vor sich ging, und zeigte auch nicht, wie es in ihr aussah. Dass mein Vater es nicht einmal für nötig hielt, sie über die Tragweite der elterlichen Entscheidung aufzuklären, zeigte mir erneut, was für ein Mensch er war.

Als er auszog, gab es keine Worte des Abschieds, keine Tränen, keine Umarmung, kein Blick in die Augen, nichts. Er ging einfach aus dem Haus, wie er es immer tat, heimlich und leise. Er gab sich auch keine Mühe, wenigstens den Kontakt zu seinen Kindern aufrechtzuerhalten: Er rief nicht an, er schrieb keine Briefe, er tat nichts.

Aber er leckte seine Wunden in den Spelunken der Stadt! Wein, Weib und Gesang, das war seine Therapie, nicht die Klärung der Frage nach dem Warum. Es war ihm offenbar unwichtig, sich diese Frage zu stellen, denn er wusste ja die Antwort, warum er sich in dieser Tragödie befand und warum er sich so mies fühlte. Er, der nie etwas Emotionales in die Ehe investiert hatte, der sich absolut null für seine Familie interessierte, der den Weibern nachstieg, wann immer sich eine Gelegenheit bot – dieser Mensch war tatsächlich der Ansicht, dass er das Opfer in diesem Spiel war: Er wurde verlassen von seiner Frau, seine Kinder waren alle gegen ihn, weil sie ihrer Mutter beistanden, er wurde aus dem Haus geworfen und konnte sehen, wo er blieb – das war seine Theorie. Sie half ihm, andere und wichtige Gründe einfach auszublenden. Er war ja der Ernährer der Familie gewesen, hatte das Geld verdient und sich auch sonst stets bemüht, ein guter Ehemann und Vater zu sein. Das glaubte er zumindest.

Dass er vier Kinder in die Welt gesetzt hatte und sich stets der Verantwortung entzogen hatte, sich um sie zu kümmern, kam ihn nicht ansatzweise in den Sinn. Es interessierte ihn nicht, was mit dem Produkt seiner Gene geschah, wie sie aufwuchsen, wie sie in den Kindergarten gingen, wie sie eingeschult wurden – all das vermochte er nicht anzunehmen geschweige denn, an irgendeinem Ereignis, das für Kinder wichtig ist, einmal teilzunehmen. Ein Gefühl von Reue oder Schuld zeigte er sein ganzes Leben lang nicht. Mag sein, dass er sich einmal fragte, was da geschah, doch die Antwort gab er niemandem preis. Wie er mit der ganzen Problematik umging, ist beispiellos: Anstatt sich seiner Schuld zu stellen, stigmatisierte er sich zum Opfer.

Kinder fragen sich gelegentlich, wieso und warum sie dieses oder jenes fühlen und welchen Anteil die eigenen Eltern daran hatten. Und so frage ich mich heute mehr denn je: Wer war mein Vater? Was hat er mit mir gemacht? Welche Impulse hat er meinem Leben gegeben, welche Spuren hat er in mir hinterlassen? Was ist sein Anteil an mir? Wie viel Vater ist in mir – oder gibt es gar nichts, was er mir auf meinen Lebensweg mitgegeben hat?

Schon in den ersten Jahren der bewussten Wahrnehmung meines Selbst habe ich gespürt, dass ich Schwierigkeiten im Umgang mit anderen hatte. Ich war ein schüchternes Kind und hatte oft Angst, etwas falsch zu machen. Ich traute mich nicht, meine Bedürfnisse zu äußern und Gefühle zu zeigen. Da war diese Grundangst, Ansprüche zu stellen – ans Leben, an andere und an mich selbst. Egal, was ich tat, meist stand ich neben mir wie ein Außenstehender und beobachtete mich selbst. Früher nannte man das Minderwertigkeitskomplexe, heute würden Psychologen mich wohl als introvertierten Menschen bezeichnen. Ich hatte irgendwie nie gelernt, wie man sich mit anderen unterhält, ein Gespräch führt oder einfach nur Smalltalk macht.

Menschen spüren schnell, wenn man Probleme im Umgang mit anderen hat und viel Zeit dafür aufwendet, dieses Geheimnis für sich zu bewahren. Vermutlich wirkt es so auf sie, als würde man sich nicht für sie interessieren, und sie nehmen das Verhalten als nicht echt oder gekünstelt wahr.

Anstatt mich einfach so zu geben, wie ich war, mit all meinen Ecken und Kanten, brachte ich meine ganze Kraft und Energie dafür auf, mich zu verstellen. Ich konnte einfach nicht heraus aus meiner Haut. Dadurch entging mir so manche Freude im Leben, Chancen blieben ungenutzt und Menschen wandten sich von mir ab.

Erst viel später, als ich begann, mich mit meinem Verhalten anderen Menschen gegenüber auseinanderzusetzen, konnte ich besser damit umgehen. Ich lernte Menschen kennen, denen ich mich anvertraute und die mich nicht enttäuschten. Sie gaben mir das, was ich suchte: Selbstvertrauen, Anerkennung und emotionale Sicherheit – oder anders gesagt: Sie zeigten mir, dass sie mich mochten.

5. Ohne Fleiß kein Preis – die Schulzeit

Wir wohnten alle im gleichen Viertel: in der Paulusstraße, in der Goethestraße, in der von-Stein-Straße, in der Von-Vincke-Straße oder in der Veilchenstiege. Unsere Schule befand sich in unmittelbarer Nähe. 1968 wurde ich eingeschult. Die Erwachsenen nannten uns I-Männchen – warum, weiß ich nicht, aber der Name klingt schön und hat etwas Lebensnahes.

Stolz gingen wir am ersten Schultag zum Unterricht, mit bunten und prall gefüllten Schultüten voller Süßigkeiten, die nur darauf warteten, aufgegessen zu werden. Das Vergleichen der Schultüten ähnelte einem Wettbewerb, wo es darum geht, festzustellen, wer die größte und schwerste Schultüte in seinen Armen trägt. Manche dieser Ungetüme waren fast so groß wie die Kinder selbst, und manche wirkten ein wenig zu kurz geraten, sehr zum Missfallen ihrer Besitzer. Vor der Grundschule erwartete uns ein buntes Gedränge und Geschiebe.

Um 8 Uhr morgens begann die Schule. Alle Schüler mussten sich vor Unterrichtsbeginn in Zweierreihen vor der Schultreppe aufstellen. Unser Direktor hieß Herr Brokamp, ein Lehrer alter Schule mit Anzug und Zigarre. Jeden Morgen um kurz vor acht stand er auf der Treppe und musterte seine Neuankömmlinge. Mit dem Mittelfinger seiner Hand winkte er dann jede Gruppe nacheinander in das Schulgebäude. Preußische Ordnung und Disziplin sollten wohl das Erste sein, was wir kennenlernten.

Entsprechend liest sich mein Zeugnis für das erste Schulhalbjahr: Führung: gut; Beteiligung am Unterricht: gut; häuslicher Fleiß: gut; Leistungen: gut; Schulbesuch: regelmäßig. Das waren unsere Pflichtfächer, mit denen wir uns auf das Leben vorbereiten sollten. Was es mit „Führung" auf sich hatte – ich glaube, es ging darum, sich gut aufzuführen, also sich zu benehmen und nichts anzustellen. Im Unterricht zu reden, während der Lehrer an der Tafel etwas erklärte, war schlechtes Benehmen und wurde sofort geahnt, entweder mit einer Belehrung oder aber, wenn das keine Wirkung zeigte, mit Ausschluss aus der Klasse. Das heißt, man musste im Flur vor der Klasse auf das Ende der Schulstunde warten. Dann fühlte man sich schlecht (ich zumindest).

Die übelste Strafe, die mir in Erinnerung geblieben ist, war das Schämen. Wenn ein Kind nach Ansicht des Lehrers etwas angestellt hatte, musste es sich in einer Ecke des Klassenraums mit dem Gesicht zur Wand stellen und sich schämen. Alle Schüler konnten sehen, wie man in der Ecke stand.

74

Das war Demütigung pur, und manchmal konnte ich das Weinen hören, das vom so bestraften Kind ausging. Eine solch unsinnige Strafe kann man sich heutzutage kaum noch vorstellen, aber Ende der sechziger Jahre war so etwas Alltag.

Frau Oskamp war die Haushälterin des Pfarrers, aber an unserer Schule unterrichtete sie auch das Fach Religion. Ihre didaktischen Fähigkeiten im Religionsunterricht erhielt sie wohl auf Weisung von Gott, denn sie war eine gottesfürchtige Frau, die noch von der Angst besetzt war, dass Gott alles sieht, was sie sonst noch so treibt, wenn niemand zugegen ist. Sie vermittelte ein angstbesetztes Gottesbild: Gott ist in der Lage, seinen Zorn und seine Wut in Form von Feuer und Blitzen auf die Menschheit loszulassen, so ihre Warnungen an uns arme Sünder. Einen liebenden und barmherzigen Gott kannte sie nicht, denn ihre Züchtigungsmethoden ließen erahnen, wie es in ihr tickte.

Einmal zeigte mir mein Klassenkamerad Manfred, der neben mir saß, während des Religionsunterrichts ein Buch mit ein paar Bildern darin (den Inhalt habe ich vergessen). Als Frau Oskamp dies bemerkte, kam sie wie ein Nilpferd schnaubend auf uns zu, riss Manfred das Buch aus der Hand und schlug es jedem von uns einmal rechts und einmal links ins Gesicht.

Wollt ihr wissen, was ich von der Schule halte? Ich werde es euch sagen: In erster Linie empfand ich die Schule als eine Art Treffpunkt für Kinder, einen strategischen Ort zum Planen und sich Verabreden. Morgens gingen wir gemeinsam in die Schule und mittags zusammen nach Hause. Schule – das war für mich eine Anstalt, wo es darum ging, Kindern Ordnung und Moral beizubringen. Natürlich lernten wir auch lesen und schreiben, aber wie es vermittelt wurde, war ausschlaggebend. Nur die Leistung zählte, nicht der Mensch. Es war so, als ob man auf ein übergeordnetes Ziel vorbereitet wird; man sollte so ticken, wie es die Gesellschaft der ausgehenden sechziger Jahre verlangte. Hauptsache, du hast Arbeit. Von uns wurde erwartet, dass wir einfach zuhörten, keine dummen Fragen stellten und am Nachmittag unsere Hausaufgaben machten. Der Spruch „Hände falten, Schnauze halten" fällt mir dazu immer wieder ein. Meine Beteiligung im Unterricht war „im Allgemeinen gut" (aber nur im Allgemeinen), in Religionslehre dafür gut und der Schulbesuch regelmäßig.

Die Pädagogik meiner Schulzeit unterschied sich gewaltig von der heutigen: Es gab sie einfach nicht. Entweder man kam im Unterricht mit oder nicht; dann galt man als schlechter Schüler. Über die Ursachen schlechter Noten machte sich niemand Gedanken. Die Lehrerschaft ging offenbar davon aus, dass alle Schüler die gleichen Voraussetzungen mit in die Schule brachten und dass es nur etwas Drill und Disziplin braucht, um die Lehrinhalte zu vermitteln. So etwas wie Geduld oder pädagogisches Einfühlungsvermögen habe ich als Kind nie gespürt. Die meisten Lehrer waren noch vom alten Schlag und meinten, sie hätten ihre Pflicht getan, wenn sie nur anständig gekleidet (das heißt mit Anzug und Krawatte) in der Schule auftauchten und leidenschaftslos ihren Stoff herunterratterten. Zur Ehrenrettung einiger Lehrer möchte ich aber auch betonen, dass es auch die andere Seite gab. Vor allem die jungen Lehrerinnen unterschieden sich gewaltig von den älteren.

Ich war kein guter Schüler, aber auch kein schlechter; ich war kein Schüler mit übermäßigem Leistungsdrang, aber auch kein fauler – ich denke, ich war ein mittelmäßiger Schüler, der den Durchschnitt unserer Klasse repräsentierte. Damals ging ich noch davon aus, dass Bildung etwas Angeborenes ist und sich jeder Schüler seinem Schicksal zu fügen hat. Die Frage nach den Ursachen unterschiedlicher Leistungsbeurteilung kam nicht auf, also die Frage, warum der eine das Zeug zum Gymnasiasten hatte und der andere überhaupt keinen Abschluss schaffte. Manche Schüler hatten so gute Noten, dass mir schwindlig wurde: nur

Einser, höchstens mal eine Zwei. Es war mir ein Rätsel, wie sie so etwas zustande brachten.

Einer von ihnen hieß Markus, und er sprengte bei den Klassenarbeiten immer den Durchschnitt. Er schrieb nur Einserarbeiten, bis auf ein einziges Mal: Da schrieb er nämlich – oh Schreck – nur eine Zwei. Als die Lehrerin uns die korrigierten Arbeiten zurückgab und Markus das Ergebnis seiner Bemühungen sah, brach er in Tränen aus und weinte jämmerlich. Ja, das Leben kann sehr hart sein …

In solchen Momenten habe ich mich als Außenseiter gefühlt, als einer, der nichts kann und nichts draufhat. Ich spürte, ich bin nicht so und werde nie so sein, weil mir einfach die Voraussetzungen dafür fehlten. Ich hatte keinen Ehrgeiz, ein besonders guter Schüler zu werden. Ein guter Schüler zu sein bedeutet nicht zwangsläufig, ein besonders netter oder warmherziger Mensch zu sein. Oft ist das Gegenteil der Fall. Und gut in der Schule zu sein heißt nicht, gut auf das Leben vorbereitet zu werden. Lernen war eine Qual, besonders wenn man nicht weiß, wozu.

Bei uns zu Hause gab es das Wort Bildung. Bildung – das war ein Privileg für andere, aber nicht für uns. Das Wissen und die damit verbundene Neugier – das war etwas für die vornehme Gesellschaft, die in feinen Häusern lebte und mit feinen Menschen in feinen Gasthäusern verkehrte. Ich weiß nicht, warum mich damals solche Vorstellungen einer Zweiklassengesellschaft beschäftigten, aber ich weiß heute noch, dass sie mich zuweilen zum Nachdenken brachten. Dass man aus seinem Leben auch dann etwas machen kann, wenn man nicht zu denjenigen gehört, zu denen man aufschauen soll, dieser Gedanke kam mir erst viel später. Und auch die Unterschiede in der schulischen Leistung und überhaupt der Zugang zu Bildung und Wissen, also die Frage, wieso es diese Unterschiede gibt und wie sie möglicherweise ausgeglichen werden können, all diese Themen beschäftigten mich lange Zeit.

Wie dem auch sei – es gibt einfach Schüler mit unterschiedlichen schulischen Leistungen, und möglicherweise sind diese Leistungsunterschiede durch soziale Herkunft und sozialen Habitus bedingt. Kinder kommen entweder arm oder reich auf die Welt, und dementsprechend wachsen sie auf, wobei arme Kinder auch schlau sind, aber es nicht sein dürfen, weil sie meist niemand nach ihrer Meinung fragt. Somit wird die Verteilung beruflicher Chancen schon in dem Moment festgelegt, wo du das Licht der Welt erblickst. Wie hell oder wie dunkel es in deinem Leben sein wird, ist ohne dich entschieden worden.

Viele Menschen belächeln solche Theorien sozialer Ungleichheit, oft besonders diejenigen, die alles haben und nicht nachvollziehen können, wie die andere Seite aussieht. Das sind oft Menschen, die davon überzeugt sind, dass ihre Erfahrung, materiell viel zu besitzen und in entscheidenden beruflichen Positionen zu agieren, genetisch bedingt oder sogar Gottes Wille ist. Aber Ungleichheit ist weder ein Gesetz noch genetisch bedingt und schon gar nicht Gottes Wille, sondern ein Zustand, der unterschiedliche Schüler mit unterschiedlichen Lernauffassungen erzeugt. Wer in bescheidenen Verhältnissen aufwächst, muss deswegen nicht unglücklich sein, denn anders kennt er es ja nicht. Ein behütetes Zuhause zu haben ist keine Frage des Geldes, sondern etwas, was wir als Kinder wahrnehmen und das ganze Leben in unserem Herzen tragen.

Im Kontakt mit anderen Kindern erlebt ein Kind die sozialen Unterschiede. Wenn ich zum Beispiel sah, wie ein Mitschüler mit einem Bonanzarad zur Schule kam, wusste ich instinktiv, dass ich nie so ein tolles Rad haben würde. Denjenigen, die nicht wissen, was ein Bonanzarad ist, sei gesagt, dass dieser Drahtesel während meiner Schulzeit der Klassiker unter den Fahrrädern war. Es zeichnet sich aus durch einen besonders langen Sattel mit Rückenlehne (ähnlich wie bei einer

Harley Davidson), einen großen, hirschgewei-hähnlichen Lenker, eine imitierte Federung an der Vordergabel und durch eine einzigartige 3-Gang-Nabenschaltung. Heute würde man vielleicht sagen, ein Bonanzarad sieht aus wie ein etwas zu kurz geratener Chopper. Ich besaß nie so ein Teil, durfte aber einige Male damit fahren, dank der Großzügigkeit des Besitzers, der es verstand, andere Kinder glücklich zu machen. Solche Erinnerungen währen ein Leben lang.

Es sind die leuchtenden Sterne am Himmel, die kurz funkeln und dann wieder erlöschen, wenn ich versuche, mich an diese Zeit zu erinnern. Manchmal kommen sie mir vor wie Momentaufnahmen, von einer Polaroidkamera eingefangen, anfangs mit leuchtenden Farben auf glänzendem Papier, die mit den Jahren langsam verblassen. Dann sind sie lange Zeit vergessen – und plötzlich ist es wieder da: das Licht und der Zauber der Jugend. Es kommt, ohne zu fragen, und in Momenten, wo du nicht daran denkst. Es ist einfach nur da. Manchmal erscheinen dir Gesichter von Menschen, an die du jahrelang nicht gedacht hast. Plötzlich sind sie da und machen nichts, sie sind einfach eine kurze Zeit anwesend und verschwinden wieder. Es sind mir bekannte Gesichter, Menschen, mit denen mich auf eigenartige Weise etwas Besonderes verbindet.

Peter war ein langer, dürrer Kerl mit dünnen Ärmchen. Er wohnte in der Goethestraße gleich um die Ecke. Er war kein guter Schüler – keine Ahnung, ob er die Schule überhaupt mit einem Abschlusszeugnis verließ. Mit 18 traf ich ihn wieder, in der Mähdrescherfabrik, wo er wohl noch heute sein Dasein am Fließband fristet. Was Peter ausmachte, war seine Art, mit Menschen umzugehen: leicht distanziert, aber auch nur leicht. Wenn wir sprachen, waren sowohl Distanz als auch Nähe zu spüren. Was ich sagen will, ist, dass er wohl nicht so richtig im Leben klarkam und oft nicht wusste, wie er sich verhalten sollte. Ganz anders war das beim Fußballspielen: Da war er der Kaiser, der das Rudel anführte und allen zeigte, wer der Champion im Ring ist. Die Lockerheit seiner Bewegungen und seine brillante Spieltechnik waren eine Freude für alle, die ihm zusahen. Beim Fußballspielen war er ganz er selbst. Er hatte es einfach drauf und ich habe ihn dafür bewundert.

Christian wohnte in der gleichen Straße wie ich, nur ein paar Häuser weiter. Sein Nachname verriet, dass seine Familie aus den ehemaligen deutschen Ostgebieten stammte und nach dem Krieg in Harsewinkel eine neue Heimat fand. Das große Haus, in dem sie wohnten, war für eine Menge Leute gedacht – für wie viele, weiß ich nicht, aber Christian hatte einen Haufen Geschwister, fast alles Jungs. Seinen Vater habe ich nie kennengelernt; entweder war er nie da oder es gab keinen mehr. Als Kind ist mir das nicht so bewusst gewesen; man nahm die Dinge so hin, wie sie waren.

Gelegentlich besuchte ich ihn zu Hause. Meist aber trafen wir uns mit anderen Kindern aus der Gegend bei den Kornfeldern in der angrenzenden Bauernschaft. Da wurden dann Informationen ausgetauscht und Zigaretten gepafft. Wir machten es schon so wie die Erwachsenen. Christian musste dann immer seine Mutter anhauchen, wenn er nach Hause kam. Gut für ihn, dass sie kaum riechen konnte – das rettete ihn vor Strafe.

Doch die Mutter hegte Verdacht und beauftragte ihren ältesten Sohn, die Rolle des Kontrollettis zu übernehmen, und der war ein strenger Prüfer. Als er seinen kleinen Bruder das erste Mal des Paffens überführte, blieb es bei einer Verwarnung. Doch bekanntlich sucht sich das Unheil seinen Weg. Da Christian das Paffen nicht sein lassen wollte, versuchte er von da an seinen rauchigen Atem zu manipulieren, indem er die Körner von Weizenähren futterte; das sollte seinen großen Bruder hinters Licht führen. Doch das hatte nur mäßigen Erfolg, denn dieser hatte eine sehr feine Nase. Er tobte, als er fündig wurde. Für mich, den offensichtlichen Mittäter und Mitwisser, hatte er nur blanken Hohn übrig. Aufgeblasen wie ein Pfau stellte er sich vor mir auf und bezichtigte mich der Anstiftung zum Rauchen. Eigentlich war es ja umgekehrt: Ich war nur ein Mitläufer gewesen, nie hätte ich andere zum Rauchen angestiftet. Leider halfen meine Begründungen nichts, und so wurde ich des Grundstücks verwiesen mit der deutlichen Mahnung, nie wiederzukommen.

In der Nähe unseres Hauses gab es einen Spielplatz, mit Schaukeln, Wippe, Karussell und einem großen Holzpferd – ein beliebter Ort zum Spielen und ein Treffpunkt für Kinder. Da traf ich mich dann mit Christian.

Ein Tag bzw. ein Ereignis, was mir immer in Erinnerung bleiben wird, war der 7. Juli 1974. An diesem Tag wurde das Endspiel der Fußballweltmeisterschaft ausgetragen. Deutschland war im Finale. In München traten sie gegen Holland an. Es war ein schöner, warmer Sommertag mit Schäfchenwolken, die am blauen Himmel vorbeizogen. Die Straßen waren menschenleer, alle saßen zu Hause oder in den Gaststätten vor den Flimmerkisten und erwarteten den Showdown.

Ich war mit Christian am Spielplatz unterwegs, als wir ein lautes „Tor, Tor!" vernahmen, das aus allen Häusern erklang. Gerd Müller war an diesem Tag der Fußballgott und Deutschland Fußballweltmeister. Wir hatten es nicht so mit Fußball. Aber das war auch gut so, denn wir erlebten interessantere Dinge als ein Kollektiverlebnis vor dem Fernseher.

Während wir da so am Spielplatz herumlungerten und den schönen Sommertag genossen, tauchten plötzlich wie aus dem Nichts zwei Mädchen auf: eine etwas hager mit schwarzen Haaren und dunklen Augen und die andere etwas kräftiger mit einem süßen Gesicht und gewaltigen Brüsten, die durch ihr rotes und enges T-Shirt besonders betont wurden. In diesem Moment vergaßen wir alles: die Schule, den Fußball, den Spielplatz und all die großen und kleinen Sorgen. Wenn dir so ein Mädchen begegnet und dich anlächelt, dann weißt du, warum es sich lohnt, auf dieser Erde zu sein. Ich war überwältigt von der magischen Anziehungskraft, die von den beiden ausging, und das erste Mal in meinem Leben hatte ich das Gefühl, dass Jungen und Mädchen noch etwas anderes miteinander machen können als zusammen Völkerball zu spielen.

„Ich nehme die linke", sagte Christian zu mir und meinte damit die etwas Hagere. Mir wies er die na ihr wisst schon welche zu, wogegen ich nicht protestierte. Was wir genau unternahmen, um sie anzuquatschen, entzieht sich meiner Erinnerung, auf jeden Fall wirkten wir auf die beiden

Hübschen wohl sympathisch, denn sie kamen auf uns zu und sagten „Hallo", und wir sagten auch verlegen: „Hallo". Die beiden kamen aus Spanien, vermutlich arbeiteten ihre Väter in der heimischen Fabrik. Sie sprachen schon ein passables Deutsch im Gegensatz zu uns, die wir nur ein paar Brocken Spanisch in den Gastarbeiterunterkünften aufgefangen hatten. Wir fragten, was „balla balla" auf Deutsch heißt, und ähnlichen Blödsinn, aber es war lustig mit den beiden – nein, es war wunderschön an diesem Sonntagnachmittag im Juli.

Eigentlich wollte ich dieses Kapitel meiner Schulzeit widmen, aber wie ihr merkt, habe ich große Erinnerungslücken, was die Schule, die Lehrer und all das, was damit verbunden ist, betrifft. Es sind mehr die Nebenschauplätze, an die ich mich gut erinnere, Erlebnisse, die sich tief in mein Gedächtnis eingegraben haben und die einen das ganze Leben begleiten.

Wenn ich heute diese Schule betrachte (und das mache ich meistens, wenn ich in Harsewinkel bin), sehe ich immer noch die große Uhr mit ihren goldenen Ziffern und Ziffernblättern, die unübersehbar am südlichen Portal angebracht ist und die nach wie vor tickt und tickt. An ihr ist die Zeit spurlos vorübergegangen. Wenn ich sie anschaue, spüre ich jedes Mal, wie die Zeit vergeht. Und sie erinnert mich an eine Situation, die ich in dieser Schule erlebte.

Ende der sechziger Jahre fürchteten sich die Menschen noch vor dem Atomkrieg. Die Grenzen zwischen Ost und West waren weit weniger offen als heute. Es gab den Warschauer Pakt und die NATO, militärische Drohgebärden und atomare Aufrüstung. Der Zweite Weltkrieg war erst 25 Jahre vorbei und hatte tiefe Wunden hinterlassen. Unbewusst spürten wir diese Spannungen. Manchmal mussten wir eine Übung machen, um für den Ernstfall vorbereitet zu sein. In diesem Fall heulten die Sirenen auf dem Schuldach los und wir mussten uns im Klassenzimmer unter den Schul-bänken verschanzen. Das sollte uns im Ernstfall vor radioaktiver Strahlung schützen. Die Sirenen, die jeden Samstag um 12 Uhr mittags losheulen, erinnern mich stets daran, denn sie wurden zur Warnung vor Katastrophen eingerichtet.

6. Sommerfreuden im Freibad

Die herrlich warmen und langen Sommer habe ich noch besonders in Erinnerung. Das Wetter war beständig, wochenlang schien die Sonne. Das Freibad der Stadt wurde um 1960 fertiggestellt. Es war im Sommer für uns Kinder der Mittelpunkt des Lebens, unser Treffpunkt und unsere Welt. In den Sommerferien war es ständig überfüllt. Man konnte schon aus der Ferne hören, wie voll es war, denn das Geschrei war unüberhörbar. Die überfüllten Fahrradständer vor dem Freibad und die langen Schlangen vor der Kasse waren keine Anzeichen von Stress, Chaos oder gar Überforderung, sondern Ausdruck kollektiver Lebensfreude.

Die Jahreskarte hatte jedes Jahr eine andere Farbe; mal war sie blau, mal grün oder pink. Sie war ein Muss für jedes Kind und versprach uneingeschränkten Zugang zu den Freuden des Lebens. Wir gingen, wenn es die Zeit es erlaubte und wir nicht gerade unnötige Dinge wie Hausaufgaben oder Aufräumen erledigen mussten, vormittags ins Freibad, wir gingen nachmittags ins Freibad und wir gingen, als wir über 14 Jahre alt waren, auch abends ins Freibad. Zu Badeschluss ertönte aus den Lautsprechern der Sprechanlage meist die Stimme des Bademeisters: „Achtung,

Achtung! Alle Badegäste haben sowohl das Wasser als auch das Schwimmbad zu verlassen."

Wer das Freibad besuchte, ging erst einmal zum Umziehen in die Garderobe. Manche Umkleiden hatten Löcher, wo man durchgucken konnte. Aus welchen Grund jemand Löcher hineinbohrte, wussten wir Kinder nicht; offenbar waren es Vandalen mit einer Neigung zum Zerstören.

Mädchen waren für uns noch nicht wirklich ein Thema. Doch Mädchen im Bikini waren nicht uninteressant. Wir zogen uns um, gaben unsere Sachen bei der Garderobenfrau ab und erhielten von ihr ein kleines Bronzekettchen mit einer Nummer darauf, gegen das sie später unsere Sachen wieder eintauschte.

Das große Schwimmbecken war unterteilt in einen Nichtschwimmer- und Schwimmerbereich. Der Einstieg erfolgte im Nichtschwimmerbereich über eine Steintreppe. Und dann stand man, mit dem Wasser bis zum Hals, in dem großen Becken. Hier war auch das Sprungbecken mit einer Wassertiefe von 3,80 Metern integriert. Dieses war durch eine lange Kette vom Schwimmbecken getrennt. Wir konnten uns auf die Kette stellen und das Geschehen um uns herum beobachten. Insbesondere die Luftakrobatik einiger Springer stand im Zentrum der Aufmerksamkeit. Ob Arschbom-

be, Salto, doppelter Salto oder ein rückwärts-
gesprungener Salto – es war spannend, den
Künsten der Jungs zuzusehen.

Im Freibad gab es auch ein Rutschbecken mit
einer großen Steinrutsche in der Mitte. Wer mutig
war, rutschte auf dem Bauch, mit den Kopf voraus
nach unten.

Vom Beckenrand ins Wasser zu springen war
strengstens verboten. Tat man es trotzdem, ertönte
sofort die Trillerpfeife des Bademeisters und er
stürmte auf einen los, als ob man ein schweres
Verbrechen begangen hätte. Sprang man trotz
Verwarnung noch einmal vom Beckenrand ins
Wasser, war die Höchststrafe angesagt: Badever-
bot. Es gab Badeverbote für einen Tag, für eine
Woche oder längere Zeit, je nachdem, was man
angestellt hatte. Der Bademeister brauchte niemanden mit Namen aufzuschreiben, denn er
kannte jedes Gesicht.

Er war auch zuständig für die Abnahme von
Schwimmprüfungen. Die kleinste Auszeichnung
war das Freischwimmerabzeichen, was bedeutete,
dass man musste 15 Minuten ohne Pause
schwimmen musste. Der Fahrtenschwimmer erforderte eine Leistung von 30 Minuten Schwimmen und der Jugendschwimmerschein von 45
Minuten. Bei Letzterem mussten wir auch einen
Gegenstand von 3,80 Tiefe nach oben holen, au-

ßerdem in Kleidung schwimmen und einen Verletzten aus dem Wasser bergen. Nach bestandener Prüfung gab es neben der Urkunde auch einen Stoffaufnäher für die Badehose.

Die höchste Auszeichnung war der Totenkopf. Wer so ein Teil auf der Badehose trug, zeigte allen, dass er mindestens eine Stunde ohne Pause schwimmen konnte. Wer oft schwimmen ging, ging gar nicht erst zu seinem Liegeplatz, sondern legte sich auf die heißen Steine gleich neben dem Schwimmbecken. Es war angenehm, die aufsteigende Wärme in sich aufzunehmen. Wenn man trocken war, gings wieder zurück ins Wasser.

Der Freibadkiosk war heiß begehrt. Lange Schlangen lieferten den Beweis, dass hier gute Ware zum akzeptablen Preis angeboten wurde. Wer es nach langer Wartezeit endlich bis an die Theke des Standes schaffte, dem offenbarte sich das Paradies. Es gab alles, was Kinderherzen höher schlagen lässt: Fruchtgummis in Schnullerform und Fruchtgummis in Schlangenform, Kaugummi mit Fruchtgeschmack und Kaugummi mit Pfefferminzgeschmack, Mäusespeck, Lakritzstangen, Schokolade, Waffeln, Bonbons, Eis und vieles mehr. Wir bestellten dies und das, und wenn wir das Geld über die Theke schoben, wurde alles in eine kleine Papiertüte gefüllt und uns ausgehändigt. Besonders beliebt in den siebziger Jahren war Ahoi-Brause und Coca-Cola-Eis.

Als wir älter wurden, interessierten wir uns nicht mehr so für Schwimmabzeichen und Auszeichnungen, sondern schauten lieber den hübschen Mädchen in ihren Bikinis nach, wie sie so am Beckenrand saßen oder um das Becken herumstolzierten. Völlig uninteressiert gingen sie an uns vorbei und taten so, als ob wir gar nicht existierten. Interesse zu zeigen galt als verdächtig; mit so einer konnte etwas nicht stimmen.

So mit 13 oder 14 Jahren ging es los: Wir gingen nur noch ins Freibad, um Mädchen kennenzulernen oder sie einfach nur anzusehen, diese wunderbaren Geschöpfe der Natur. Es war Sommer, es war heiß und wir waren heiß. Bei pubertären Wasserspielchen, bei denen man sich gegenseitig Wasser ins Gesicht spritzte, gab es für uns Jungs die eine oder andere Gelegenheit, mal ein Mädchen zu berühren – natürlich völlig unbeabsichtigt. Die Mutprobe bestand darin, sich unter Wasser zu küssen. Monika war spitze, aber Doris noch besser. Das war eine schöne und aufregende Zeit.

7. Kirche und Glaube

Unsere Kirche hieß Pauluskirche, und so heißt sie heute noch. Die angrenzende Hauptschule hieß damals Paulusschule und heute Astrid-Lindgren-Schule. Die Säkularisierung hat auch Harsewinkel erfasst.

Als ich klein war, bildeten Kirche und Schule noch eine Einheit, gelegentlich fand der Religionsunterricht in der Kirche statt. Erziehung bedeutete in erster Linie religiöse Erziehung. „Du sollst Vater und Mutter ehren, du sollst nicht stehlen, du sollst nicht begehren deines Nächsten Weib, du sollst nicht töten" waren eiserne Gesetze. Sie zu brechen bedeutete ewiges Schmoren im Fegefeuer in der Hölle, und natürlich auch ein permanent schlechtes Gewissen, wenn Gott dich dabei beobachtete, wie du mal wieder etwas angestellt hattest.

Das gilt besonders für das Begehren von Frauen. Ja, ihr habt richtig gelesen: Das Anschauen von Frauen und die damit verbundenen Fantasien waren religiös-moralisch besetzt. Lust zu spüren, eine Frau zu begehren, etwas möglicherweise Unanständiges mit ihr zu machen oder auch nur daran zu denken, das war schwerste Sünde. Aber gerade weil es aus Sicht der Kirche so verwerflich war, war es umso interessanter für uns. Die Sünde war geil und hatte etwas Lüsternes. Das wusste jeder Gottesmensch.

„Ich bin klein, mein Herz ist rein, soll niemand drin wohnen als Jesus allein." Jeden Abend vor dem Schlafengehen musste ich dieses Mantra aufsagen. Erst Gott, dann die Frau.

Die Lustfeindlichkeit der Kirche hatte schon viele Generationen vor mir beschäftigt und wird es nach mir auch tun. Als Kinder dachten wir nie groß darüber nach, warum katholische Priester nicht heiraten. Es war doch selbstverständlich, dass unser Priester nur im Auftrag des Herrn unterwegs war und wohl deshalb logischerweise keine Zeit für eine Frau hat. Dass viele von ihnen unter den Dogmen der Kirche litten, wurde erst viel später bekannt.

Als wir nach Harsewinkel zogen, wurde gerade die neue Kirche in unserem Viertel fertiggestellt. Das war 1966. Ein gewaltiger Bau mit Platz für 300 Personen und mehr. Der dazugehörige Pfarrer hieß Herr Haggeney, stets tadellos gekleidet im vorschriftsmäßigen schwarzen Anzug und weißem Hemd. Wer ihn sah, wusste: Das ist ein Mann der Kirche. Er war immer irgendwie zugegen. Selbst uns zu Hause stattete er einen Besuch ab, vermutlich um sich und seine Dienstleistungen vorzustellen. Ich kann mich noch erinnern, wie er mit meinen Eltern im Wohnzimmer saß, als wäre es das Selbstverständlichste auf dieser Welt.

Pfarrer Haggeney fuhr als Dienstauto einen weißen Opel Kadett, der meist vor dem Pfarrhaus neben der Kirche stand, ein recht modernes Haus aus gelben Ziegelsteinen mit großem Garten. Unterstützt wurde er von Frau Oskamp. Sie war die Perle der Pfarrgemeinde, da sie nicht nur den Pfarrer versorgte, sondern auch noch pädagogische Aufgaben übernahm. Gewaltig ihre Auftritte im Religionsunterricht, wo sie bildhaft erzählte, wie Jesus gen Himmel fuhr und Feuer und Blitze Christi Himmelfahrt einleiteten. Diese Frau war zutiefst davon überzeugt, dass es sich so zugetragen hat, wie sie es uns erzählte.

In den sechziger und siebziger Jahren gab sich die katholische Kirche noch viel Mühe, ein sozialer Dienstleister mit breiter Produktpalette zu sein. Viele Kinder bedeuteten schließlich auch viele Schäfchen, die es zu missionieren galt.

Auf dem Heimweg von der Schule konnten wir oft dem Orgelspiel des Küsters lauschen. Gewaltig setzte er den Sound in Szene. Es kam uns vor, als spielte er sich in Ekstase; er hatte seinen Gott gefunden und musste ihm auf diese Weise etwas erzählen.

Dieses Spiel wurde nur noch am Sonntag beim Gottesdienst übertroffen, denn dann war auch der riesige Chor zugegen. Zusammen bildeten sie eine Symbiose religiöser Wahrhaftigkeit, die sie in Form von spiritueller Energie an die Gottesdienstbesucher weitergaben. An solchen Tagen war Gott gegenwärtig. Halleluja!

Unsere Kirche bat Platz für mehr als 300 Menschen, und es gab Tage, an denen alle Sitzbänke besetzt und selbst die hinteren Stehplätze überfüllt waren. Hinzu kamen noch die Messdiener und Kerzenträger sowie der Priester samt Gefolge; den gigantischen Kirchenchor wollen wir an dieser Stelle auch nicht vergessen. Wenn die Messe begann, erschien auf einer digitalen Nummerntafel die Nummer des Liedes und die dazugehörige Strophe, die alle singen sollten, woraufhin der Organist mit mächtigem Getose das Vorspiel eröffnete. Was für ein Schauspiel!

Das Wunder geschah bei der Hostienverteilung. Die Kirche war meist so stark besucht, dass die Versorgung mit dem Leib Christi eine logistische Herausforderung darstellte. Die Schalen waren zu klein, als dass die darin befindlichen Hostien für alle ausreichten, die der Pfarrer nebst Assistent verteilten.

Im Tabernakel fand die wundersame Hostienvermehrung statt. Ich war damals felsenfest der Meinung, dass schon alle Hostien verbraucht waren. Ich konnte zu Beginn der Verteilung sehen, wie sie aus dem Tabernakel entnommen wurden. Aber wenn sich erneut dessen Tür öffnete, stand wieder ein prall gefülltes Gefäß zur Verteilung bereit. War das Zauberei oder war es ein Wunder?

In meiner Kindheit war es noch üblich, sonntags zur Kirche zu gehen, egal ob man gläubig war oder nicht. Kritik an der Institution Kirche, so wie wir sie heute üben, gab es damals noch nicht. Nichts wurde hinterfragt und Gotteslästerung galt noch als schwere Sünde.

Das galt besonders für uns Kinder. In der Grundschule hörten wir phantastische Geschichten über Gott und sein Wirken: wie er Wasser in Wein verwandelte, mit einem Wagen gen Himmel fuhr oder sogar Tote zum Leben erweckte. Alles wurde untermalt mit bunten Bildern, die man sich als Kind deutlich einprägen konnte.

Das Leben war noch stark von Religion und Glauben durchdrungen. Die katholischen Feiertage waren uns in ihrer Bedeutung bekannt, in der Schule wurden sie entsprechend vermittelt. Daraus resultierende Ge- und Verbote wurden noch befolgt. Namenstage waren wichtiger als Geburtstage und die meist biblische Herkunft und Bedeutung des eigenen Namens kannte fast jedes Kind. Wenn man als Kind dem Pfarrer sein Sündenregister mitteilte, dann nannte die Kirche das Beichte. Wehe, wenn wir irgendetwas vergessen hatten! Dann war die Beichte ungültig und es drohten Fegefeuer und ewige Verdammnis. Davor hatten wir große Angst.

Die Kirche erfüllte auch eine soziale Funktion: Sie war Teil der Erziehung und erfüllte, ohne ihr Wissen, manchmal auch die Bedürfnisse meiner Eltern. So mussten wir Kinder jeden Sonntag den Gottesdienst besuchen, der meist zwischen 9 und 10 Uhr begann. Meine Eltern gingen nie mit, mal abgesehen davon, dass mein Vater evangelisch und meine Mutter katholisch war, aber darum ging es nicht. Der sonntägliche Gottesdienst bot ihnen die einmalige Gelegenheit, einmal zwei Stunden für sich zu haben, einfach nur im Bett zu liegen und die Stille in der Wohnung ohne Kindergeschrei zu genießen.

Meine Eltern hinterfragten den Religionsunterricht nicht. Sie sahen den katholischen Einfluss als Ergänzung und moralische Bereicherung ihrer Erziehung.

Wie ich bereits andeutete, war mein Vater evangelisch und meine Mutter katholisch. Es wurde auf dem Standesamt geheiratet; die Kirche, insbesondere die katholische, duldete keine Konfessionsunterschiede. Zur Kirche gingen die Eltern nie mit, ihnen bedeutete das nichts. Die religiöse Erziehung sollte etwas für uns Kinder sein. Die Welt der Erwachsenen glaubte nicht mehr an

Wunder und Auferstehung, daran, dass es etwas auf der Welt gibt, was Gutes bewirkt und die Menschen ins Paradies führt. Sie waren dankbar, dass sie den Krieg überwunden hatten und in bescheidenem Wohlstand leben konnten. Ihr Paradies waren das Wohnzimmer, deutsche Gemütlichkeit und sonntags ein fetter Schweinebraten mit Kartoffeln.

An bestimmten Tagen ließen sich kindlicher Glaube und elterliche Paradiesvorstellungen miteinander vereinbaren. Die Kommunion zum Beispiel war so ein Ereignis, wo kirchlicher Einfluss und familiäres Leben eine Einheit bildeten.

Im Wohnzimmer wurde eine große Tafel für die gesamte Verwandtschaft aufgebaut. Von überall kamen sie angereist, um diesem Ereignis beizuwohnen: Onkel, Tante, Cousinen, Cousins, Oma und Opa und sonstige mir nicht näher bekannte Verwandte meiner Eltern. Feierlich und fein herausgeputzt nahmen sie an der Tafel Platz, um ordentlich zu speisen und zu trinken. Meine Mutter konnte endlich das edle Kaffeeservice mit den Goldrändern und das teure Silberbesteck von WMF präsentieren.

Der Besuch trug Kleidung, die zum Anlass passte: Die Männer kamen meist im dunklen Anzug und weißen Hemd, wobei die Krawatte Pflicht war. Gelegentlich war auch ein weißes und sorg-

sam gefaltetes Taschentuch aus der linken An-
zugbrusttasche zu sehen. Die Frauen trugen bunte,
festliche Kleider und weiße Perlenketten, meist
eine Handtasche, in der sie ihr Parfüm, Taschentücher, Lidschatten, Lippenstift und sonstige
überlebenswichtige Utensilien verstauten.

Als Kommunionskind wurde mir ein schwarzer Anzug und ein weißes Hemd mit schwarzer
Fliege verpasst. Man aß und trank, und später
wurde dem Kommunionskind ein Geschenk
überreicht. Dies war meist eine Geldspende, die in
einem Briefumschlag überreicht wurde. Als alle
Verwandten wieder fort waren und es etwas stiller
im Haus wurde, saß ich vor einem Haufen von
Briefumschlägen und begutachtete jeden einzel-
nen von allen Seiten, versuchte sein Gewicht zu
erfassen, um anschließend zu schätzen, welch
wertvoller Schatz sich darin verbarg.

Auch mein Freund Peter hatte Kommunion.
Aber im Gegensatz zu mir bekam er keinen Besuch
und bei ihm zu Hause wurde auch nicht groß gefeiert. Was der Grund dafür war, weiß ich nicht.
Auf jeden Fall stand er am besagten Tag nachmittags bei uns im Garten und war nicht gut drauf.
Also verbrachte er die Zeit bei uns zu Hause, und
ich glaube, er war froh, dass er an diesem Nachmittag nicht allein war.

Bei uns zu Hause war es sonntags üblich, vor dem Mittagessen zu beten. „Lieber Gott, sei unser Gast und segne, was du uns bescheret hast", war das einzige Gebet, das ich auswendig konnte. Warum wir überhaupt beten sollten, war mir unklar, aber irgendwie schien es ein gesellschaftlich übliches Ritual zu sein, dem Herrn für Speis und Trank zu danken.

Karfreitag wurde gefastet. Es gab kein Fleisch und keine Wurst, sondern Käse und Fisch. Dass dieser Tag einer der wichtigsten evangelischen Feiertage ist, wusste ich damals noch nicht. Bei uns zu Hause kannte man den Unterschied zwischen katholisch und evangelisch nicht wirklich, außer dass Letzteres etwas lockerer mit ihren Ritualen umzugehen schien. In der evangelischen Messe, so hörten wir, machten Jugendliche Musik: Mit Gitarre und Flöte begleiteten sie den Gottesdienst. Das wäre in der katholischen Messe undenkbar gewesen.

8. Hopp hopp rin in Kopp – Feste und Gebräuche

Wie jede ländliche Region von Ostwestfalen, so wird auch Harsewinkel von Festen und Gebräuchen geprägt. Ob Kirche, Stadt, Vereine, Bauern oder Schützen – sie alle leisten ihren Beitrag zur Belebung und Festigung des sozialen Miteinanders.

Das Pfarrgemeindefest fand einmal im Jahr statt, direkt vor der neu erbauten Kirche in unserem Viertel. Es hatte den Charakter eines Volksfestes, und alle gingen sie dorthin. Mittags wurde der Eintopf aus der Gulaschkanone der freiwilligen Feuerwehr gegessen und am Nachmittag servierten die Mütter selbstgemachten Kuchen und Kaffee. Meist war schönes Wetter und nichts konnte die Stimmung trüben.

Wir Kinder durften an einem aufgestellten Baumstamm nach oben klettern, wo allerlei Süßigkeiten hingen. Wer es schaffte, bis nach oben zu klettern und eine der dort hängenden Leckereien zu berühren, bekam sie geschenkt. Der Pfarrer war natürlich auch anwesend und begrüßte seine Schäfchen mit Handschlag. Meist ergab sich ein kleines Schwätzchen, um Informationen auszutauschen oder Neuigkeiten zu erfahren. Miteinander reden war noch so selbstverständlich wie das Amen in der Kirche. Die Erwachsenen kannten sich noch mit Namen und auch wir Kinder wussten, wie die anderen Kinder hießen.

Was den Österreichern ihr Vergnügungspark, das ist für den Ostwestfalen die Kirmes. In den letzten Jahren versuchte die Stadt Harsewinkel eine Kombination aus Kirmes und dem sogenannten Kleesamenmarkt zu schaffen. Letzterer stellt den Versuch dar, an alte Traditionen anzuknüpfen und die Vergangenheit zu bewahren. Seit fast 200 Jahren findet der Kleesamenmarkt kurz nach Ostern statt und lädt zu einem „Bummel über den Rummel" ein, so die Werbung der Stadt. Samstagvormittag findet der Bauernmarkt statt, wo regionale Erzeugnisse und Produkte verkauft werden. Man hat somit mal die Möglichkeit, einen Bauern, Bäcker oder sonstigen Produzenten von regionalen Erzeugnissen persönlich kennenzulernen – ein totales Kontrastprogramm zu den Rewes, Aldis, Lidls und Penny-Märkten der heutigen Zeit.

Der Kleesamenmarkt erinnert mich an die Einfachheit und Schlichtheit des dörflichen Lebens mit seinen Charakteristika Überschaubarkeit und Begrenztheit der Auswahl. Zugleich war seine soziale Funktion bedeutsam: Es ging um Begegnung und Austausch innerhalb der Bevölkerung. Man kauft regionales Obst und Gemüse, Speck und Käse, Brot oder Blumen und weiß, wer das alles produziert und herstellt. Leider verblassen diese Bilder immer mehr und auch die Besucher am Samstagvormittag lassen sich an einer Hand abzählen. Es sind auch eher die älteren Stadtbewohner, die man auf dem Markt antrifft – solche, die die Regionalität der Produkte und den persönlichen Kontakt mit den Standbetreibern noch zu schätzen wissen.

Als Kind fand ich es nicht so interessant, was da alles verkauft wurde. Mich interessierte mehr der Autoscooter, die Raupe oder die vielen anderen verrückten Fahrgeschäfte, die meist kurz vor dem Wochenende in der Stadt aufgebaut wurden. Mit großem Interesse beobachteten wir die Fortschritte beim Kirmesaufbau, wie die großen, bunten Lastkraftwagen der Schausteller mit noch größeren Anhängern in der Stadt vorfuhren und die Mitarbeiter professionell und routiniert in kürzester Zeit dem meist drei bis vier Tage währenden Spektakel ein Gesicht gaben.

Die beliebtesten Treffpunkte waren die Raupe und der Autoscooter. Die Raupe ist ein Karussell, das nicht besonders schnell im Kreis fährt (ihre Geburtsstunde liegt vermutlich kurz nach dem Krieg, denn ihre Gesamtgestalt sieht irgendwie nach Pionierarbeit aus). Sie fährt auf Autorädern, und überhaupt ist ihr Aufbau auch für Laien recht nachvollziehbar, weil man beim Fahren ins Innere der Konstruktion sehen kann. In der Mitte des Karussells hängen Bilder von Elvis Presley, Peter Kraus, Chuck Berry, Marilyn Monroe oder Peter Frankenfeld, und aus den dort angebrachten Lautsprechern ertönt die dazugehörige Musik. Am Ende der Fahrt stülpt sich ein Raupenverdeck für einige Sekunden über die Wagen, und wer das Glück hat, mit seiner Angebeteten in der Fahrkabine zu sitzen, konnte ungestört einen Augenblick mit ihr knutschen.

Zehn Fahrchips für den Autoscooter kosteten fünf Mark, eine Chip gabs dann extra dazu, also insgesamt elf. Wenn so ein Gefährt mal nicht fuhr, obwohl man einen Chip in den Einwurfschlitz des Scooters geworfen hatte, kam schnell jemand vom Personal, stieg hinten auf die Gummistoßdämpfer auf, steckte seinen Universalschlüssel in den dafür vorgesehenen Schlitz des Scooters und schon setzte sich das Gefährt in Bewegung. Mit diesem zusätzlichen Passagier an Bord fuhren wir natürlich vorschriftsmäßig und bemühten uns, niemanden zu ärgern. Wenn wir jedoch freie Bahn hatten, konnten wir rückwärtsfahren und die anderen frontal rammen.

Wenn wir mal keine Lust auf Raupe oder Autoscooter hatten, fuhren wir mit der Geisterbahn oder setzten uns in die Karussells, die Namen wie

Twister, Krake, Octopus, Wellenflug oder Fliegender Teppich trugen.

Wir genossen die Kirmestage in vollen Zügen. All toll schmeckenden Sachen wie Lebkuchen, Lakritze, gebrannte Nüsse, Waffeln und Zuckerwatte an einem Ort zu finden, das war das Größte.

Auch das Glücksspiel war bei uns angesagt: Losbuden, Pferderennen oder Geschicklichkeitsautomaten, wo man Münzen einwarf und ein riesiger Bagger sie am Boden verteilte und manchmal mehrere von ihnen wieder als Gewinn auswarf. War unser Kirmesgeld alle, blieb uns nur noch die Möglichkeit, den anderen Kindern beim Verjubeln ihres Geldes zuzusehen.

So schnell wie die Kirmes kam, so schnell war sie auch wieder vorbei. Meist wurde schon Montagnacht alles abgebaut, und wenn wir am Dienstagmorgen noch einmal den Kirmesplatz besuchten, um noch ein wenig von der Stimmung der letzten vier Tage zu spüren, war der ganze Spuk meist schon vorbei. Überall standen die Lastkraftwagen herum, um noch die letzten Bodenbohlen der Fahrgeschäfte zu verstauen, und dann zog das Spektakel auch schon weiter in die nächste Stadt. Wehmütig und voller Fernweh lasen wir manchmal Schilder mit der Aufschrift „Junger Mann zum Mitreisen gesucht", welche die Fahrgeschäftbetreiber in unmittelbarer Nähe ihres Objekts anbrachten. Wie schön wäre es als Jugendlicher gewesen, die Welt auf diese Art und Weise kennenzulernen! Na ja, heute bin ich froh, dass es diesen Traum gab, er sich aber nicht erfüllt hat. Es sind halt die Sehnsüchte und die Begeisterung von Kindern, die noch nicht wissen, wie die Berufswelt und all die damit verbundenen Herausforderungen wirklich sein werden.

Das alljährlich im Frühsommer stattfindende Schützenfest ist eine Herausforderung für jeden Harsewinkler Haudegen. Hier können sie Leistung und Durchhaltevermögen demonstrieren. Schon ab Freitagmittag ist der Schützenplatz rappelvoll, und um die Fress- und Saufbuden bilden sich große Menschentrauben. Der lokale Bierpadrone zeigt sich in Höchstform, denn dieses Geschäft lässt er sich nicht entgehen. Und so fließen unvorstellbare Biermengen erst in die Gläser und dann in die Bäuche der Kunden, ganze vier Tage lang. Bier schmeckt wohl immer, egal ob morgens, mittags oder abends.

Die Auswirkungen dieser kulturellen Handlungen im Dienste der Aufrechterhaltung des Schützenwesens konnten wir bereits am Samstagmorgen gegen 6 Uhr deutlich hören, nämlich dann, wenn der gewaltige Spielmannszug vor dem Haus des Schützenkönigs zum Wecken aufspielte. Die Trommler hatten es mit dem Rhythmus noch einigermaßen leicht, aber die Bläser und Triangel-Spieler mussten ihre letzten Reserven aufbringen, um nicht völlig daneben zu spielen. Zur Belohnung gab es dann vom Königspaar für jeden Musiker einen ordentlichen Schnaps, denn ein Bier und ein Korn bringt dich wieder nach vorn.

Mittags stand das sogenannte Hampelmannschießen auf dem Programm. Am Schießstand konnte sich jeder versuchen, der sich traute, eine Flinte in die Hand zu nehmen, und der bereit war, auf ein Stück Holz zu schießen, was eben aussah wie ein Hampelmann. Hörten wir nach einem Schuss ein lautes Raunen auf dem Platz, dann wussten wir: Gleich ist es so weit und das Teil aus Holz wird, vollgepumpt mit Blei, auf den Boden fallen, was bedeutet, dass ein alter oder neuer König im Anmarsch ist. Es bedeutete aber auch, sich möglich schnell an den Bierstand zu begeben, denn wer den goldenen Schuss abgab, musste in der Regel ein Fass Bier ausgeben, sehr zur Freude der durstigen Beobachter. Je nach Geldbeutel gab es mal dreißig, mal fünfzig Liter Bier, und so schnell wie der Schütze einen ausgab, so schnell war das Fass auch schon wieder leer. Prost!

Es wäre vermessen, dem Harsewinkler Schützenfest nur Wein, Weib und Gesang zu unterstellen. Schließlich handelt es sich hierbei um einen Mitte des 18. Jahrhunderts entstandenen Bürgerverein, der alte Traditionen aufrechterhält. Die Wurzeln der heutigen St. Hubertus Schützenbruderschaft liegen urkundlich in der Harsewinkler „Vergnügungsakte" von 1854. Ab 1876 trug der Verein den Namen „Schützengesellschaft", dann wurde er in „Land- und Stadtgemeinde Harsewinkel" umbenannt. Seit dem Beitritt zum Bund der historischen Schützenbruderschaften nennt sich der Schützenverein „St. Hubertus Schützenbruderschaft Harsewinkel". Seine Ziele und Aufgaben lauten: Bekenntnis zum Glauben, Schutz der Sitte und Liebe zur Heimat.

Die religiöse Betätigung war sicher eine der wichtigsten Aufgaben. Die Bindung zur Kirche war notwendigerweise so eng, weil sie eine wichtige Rolle sowohl in der Politik als auch in der Gesellschaft innehatte; ohne Unterstützung der Kirche ging damals gar nichts. Die Schützenbruderschaft war auf allen religiösen Festen und Prozessionen zugegen und sicherte deren reibungslosen Ablauf; hinzu kamen noch karitative Aufgaben.

Tugenden wie wehrhafter Schutz der Kirche und Dorfbewohner, verbunden mit Disziplin, Nächstenliebe und Gebet waren das Gebot der Stunde.

Waren die Schützenbruderschaften bis in die Mitte des 18. Jahrhunderts reine Bürgerwehren, welche die Stadt gegen Feinde von außen sichern sollten, entwickelten sie sich später als rein bürgerliche Vereine, die sich mit karitativen und teilweise auch sozialen Fragen beschäftigten.

Zu Beginn des Jahres 1871, so die Stadtchronik, zählte das Amt insgesamt 4126 Einwohner, wobei sich diese über vier Gemeinden erstreckten. Die meisten Einwohner lebten von der Landwirtschaft. Handwerker und Kaufleute waren im Stadtkern anzutreffen. Ein Schützenfest inmitten der Stadt bot die Möglichkeit, sich zu treffen und auszutauschen oder Teil der Schützenbruderschaft zu werden, um somit am aktiven Leben der Stadt mitzuarbeiten und sich einzubringen. Die ersten Schützenkönige wurden ab 1896 benannt; sie trugen typische ostwestfälische Namen wie Johannsmann, Wellerdiek oder Schmelling.

Anfang der siebziger Jahre war das Schützenfest auf dem Heimathof für die Menschen der Stadt so selbstverständlich wie die Jungfrauengeburt Jesu; es gehörte einfach als fester Bestandteil in den kleinen ostwestfälischen Mikrokosmos. Das Leben war einfach, zumindest wirkte es nach außen hin so. Wenn am Freitag die Schützenmusiker lautstark aufspielten und sich Richtung Heimathof in Bewegung setzten – allen voran der Tambourmajor oder Stabsführer, dann das musikalische Gefolge (erst die Bläser, Trompeten, Posaunen, Hörner und Flöten und anschließend die Trommler) –, dann war das der Anfang vom Ende. Erst jetzt marschierten die Schützenbrüder auf, meist in grünen Uniformjacken, weißen Hemden und schwarzen Hosen. Auf dem Kopf trugen sie schwarze Hüte mit Federn. Ihre Jacken waren mit reichlich Orden und sonstigen Abzeichen verziert, und mir kam es immer so vor, als wenn diese Burschen sich ihre Orden schon durch allerhand beispiellose Leistungen verdient hatten. Unter ihren Armen trugen sie meist ein Gewehr aus Holz, in dessen Lauf eine Blume steckte; manche von ihnen trugen einen silbernen Säbel. Meistens kamen sie in Begleitung ihrer Frauen, die auch festlich bekleidet und einen Blumenstrauß haltend am Geschehen teilnahmen. Zum Schluss dieses ersten Zuges folgten noch die Jungschützen, danach sonstige dazugehörige Personen ohne Uniformen und viele Kinder.

Wer von euch glaubt, dass dies schon alles war, dem möchte ich sagen: Nein, das war erst der Anfang. Denn was bedeutet ein Schützenverein, wenn er nicht auch andere Schützenvereine aus der Umgebung zu so einer Veranstaltung einlädt? Und so folgten dem Harsewinkler Schützenverein noch etliche, in ihrem Formationsaufbau ähnliche

Musikkapellen und Schützenbrüderschaften. So viele Menschen mit gleichen Interessen habe ich später nie wieder gesehen. Es war ein gewaltiges Spektakel.

Der Höhepunkt des Schützenfestes war (neben der Proklamation des neuen oder alten Schützenkönigs) der samstägliche Schützenball. Dieser fand im eigens dafür errichteten Festzelt statt. Er wurde vom Königspaar eröffnet, gefolgt vom Hofstaat samt Angehörigen.

Für uns Jugendliche war das alles nichts, wir fanden den ganzen Karneval ziemlich spießig und langweilig. Aber irgendwie konnten wir uns diesem Fest auch nicht entziehen, weil fast jeder dort anzutreffen war, und wir wollten ja nichts versäumen. Außerdem war es ein guter Ort, um Mädchen kennenzulernen.

Mitte der siebziger Jahre ging ich das erste Mal, gemeinsam mit einigen Freunden, bewusst zu besagtem Schützenball. In den Festsaal gingen wir vorerst nicht; ohne Uniform oder Festkleid fielen wir auf. Erst später, so um 3 Uhr morgens, als größte Teil der Ballbesucher verschwunden oder völlig besoffen oder beides war, wagten wir einen Blick in die heiligen Hallen der Beschützer von Sitte und Heimat.

Unser Treffpunkt war die Sektbar. Es sprach sich herum, dass man hier nicht nur unter seinesgleichen war, sondern auch das andere Geschlecht treffen und anmachen konnte. Eine Flasche Sekt kostete zehn Mark, ein kleines Vermögen für uns, aber wir Jungs waren nicht geizig, und wenn es mal eng in unseren Taschen wurde, legten wir einfach zusammen.

Die ersten Annäherungen und Anbaggerversuche, die ich erlebte, waren meist unter dem Einfluss erheblicher Mengen von Alkohol möglich. So wie es uns die Alten auf dem Schützenfest vormachten, indem sie, völlig betrunken, primitiv und hemmungslos alles anbaggerten, was weiblich war und ihnen über dem Weg lief, so machten wir es ihnen nach – etwas dezenter, mit etwas mehr Respekt und einer gewissen Schüchternheit, aber dennoch immer das Ziel im Blick: ein Kuss, eine liebevolle Berührung, eine Umarmung oder aber, wer sehr erfolgreich war, ein kleiner Spaziergang zu zweit in der lauen Sommernacht mit offenem Ende. Und die Mädchen waren auch nicht ohne: Sie ließen nichts anbrennen und wussten, was sie wollten. Das Leben ist schön, wenn man jung und unerfahren ist und einem die ganze Welt zu Füßen liegt.

Die Teilnahme an den Festivitäten der Stadt war Pflicht. Es gab das beschriebene Bürgerschützenfest, aber auch das Bauerschützenfest und einen jährlichen Reiterball. Ab Mai ging es los mit den Scheunenfesten, Veranstaltungen eben in großen Scheunen bei den Bauern, und es gab die Pfarrfamilienfeste in den Bezirken. Hinzu kamen noch zahlreiche Veranstaltungen in den Festsälen der großen Gasthäuser der Stadt.

An Gelegenheiten zu Weib, Wein und Gesang mangelte es nie und auch heute noch, im Jahre 2015, bemüht man sich, dass das Feiern nicht zu kurz kommt. Der Unterschied zu damals ist der, dass mir die Freude am Feiern in geselliger Runde abhandengekommen ist. Das ist so, seitdem ich nicht mehr dort wohne und merke, dass diese Form des kollektiven Erlebens eigentlich nie zu mir gehört hat. Es war gut so, wie es war, aber es ist auch gut so, wie es jetzt ist.

Ich bevorzuge lieber den Platz an der Theke. Man kann sich in Ruhe unterhalten und gepflegt sein frisch gezapftes Bier trinken. Das ist Therapie für Männer. Es gibt Einzeltherapie (alleine trinken), es gibt Gruppentherapie (zusammen trinken) und es gibt die systemische Therapie (erst alleine und dann gemeinsam trinken). Für eigentlich wenig Geld kann man hier seinen Gedanken nachhängen – nüchtern beim Psychotherapeuten wird es teurer! (kleiner Scherz am Rande)

Das Bierchen in der Kneipe habe ich wohl mit meinem Vater gemein, der auch den Platz an der Theke bevorzugte. In Harsewinkel gibt es so ein

Gasthaus, das all die beschriebenen Kriterien erfüllt. Es heißt „Alte Eiche" und steht in einem ruhigen Wohngebiet am Rand der Stadt. Ein unscheinbares Haus mit rustikaler Einrichtung und dunklem Ambiente, in das sich der meist männliche und stressgeplagte Harsewinkler verirrt, um sich eine Therapie nach ostwestfälischer Art zu gönnen. Was gibt es Schöneres als ein kühles Blondes und dazu ein paar nette Gesprächspartner, die die Schlichtheit männlicher Bedürfnisbefriedigung noch zu schätzen wissen?

Im Gegensatz zum Tiroler oder zum Bayern, die gleich einen halben Liter Bier bestellen, zieht es der Ostwestfale vor, sich geringer zu dosieren. In der Regel ist das eine 0,2-Liter-Einheit frisch gezapftes Bier mit einer Schaumkrone obendrauf. Der Gastwirt serviert das Produkt seiner Bemühungen dem Gast auf einen Bierdeckel und malt dann mit einem Stift einen Strich auf eben diesen besagten Deckel. Wenn jemand zum Beispiel sein fünftes Bier serviert bekommt, hat er schon vier senkrechte Striche und der Gastwirt streicht diese dann von links unten nach rechts oben durch. Das macht das Zählen später einfacher, sowohl für den Empfänger als auch für den (oft nicht mehr so nüchternen) Geber. So können beide noch halbwegs die Rechnung schätzen, die meistens stimmt.

9. Kulturarbeit auf Ostwestfälisch

Wenn mich Außenstehende fragen, welche kulturellen Impulse von der Stadt Harsewinkel ausgehen, muss ich erst einmal überlegen. Ich bin mir auch nicht so sicher, was wir genau unter „Kultur" verstehen – auch Kirche und Vereine können Teil des kulturellen Lebens der Stadt sein und sind es von ihrem Selbstverständnis her sicher auch. Kultur ist ein dehnbarer Begriff und vielseitig interpretierbar.

Auf Wikipedia gibt es einen Eintrag über das kulturelle Leben der Stadt; hervorgehoben werden die Kirchen, ein kleines Heimatmuseum, Theateraufführungen sowie einige musikalische Aktivitäten. Aber das war es dann auch schon. Auf Wikipedia können Persönlichkeiten der Stadt digital verewigt werden. Es lohnt sich, einen Blick darauf zu werfen, wer sich da als megawichtig inszeniert und glaubt, dass ihm eine besondere Ehre zuteilwerden sollte (Namen nenne ich an dieser Stelle keine).

In der Stadtchronik von Harsewinkel gibt es kein eigenes Kapitel über die letzten Jahre. Blättert man aber ein wenig darin herum, sieht man, dass manche Ereignisse besonders betont werden: 25. Februar 1974: Wird Harsewinkel eine Karnevalshochburg? Erstmals findet am heutigen Rosenmontag ein Karnevalsumzug statt; 13. November 1975: Hans- Jürgen Dräger wird als erster Karnevalsprinz der Karnevalsgesellschaft proklamiert; 17. September 1977: Die neue Orgel in der St.-Paulus-Kirche wird geweiht; Februar 1979: Hans-Dieter Kordein übernimmt als Tambourmajor die Leitung des Spielmannszuges Harsewinkel. Gut, das sind nicht gerade die Brüller, aber man sieht, was unter dem kulturellen Leben der Stadt verstanden wird. Mir kommt es so vor, als sei damit ein anlassbezogenes Zusammentreffen gemeint, zum Beispiel ein Karnevalsumzug oder ein Schützenfest. Das ist auch gut so, denn jeder soll sich sein Verständnis von Kultur bewahren – und wenn die Tradition dazugehört, warum nicht?

Ich habe mir kürzlich über Ebay eine alte Luftaufnahme von Harsewinkel besorgt. Sie stammt offenbar vom Anfang der sechziger Jahre, denn das Haus, in dem wir ab Mitte der sechziger Jahre wohnten, war noch nicht drauf. Vermutlich wurde die Aufnahme von der Firma Claas in Auftrag gegeben, denn sie zeigt unter anderem das gesamte Firmengelände.

Viel interessanter auf diesem Bild ist aber ein kleines, unscheinbares Haus mit Nebengebäude, das direkt gegenüber dem Verwaltungsgebäude steht. Dieses Haus steht heute nicht mehr; es fiel dem Parkplatzwahn zum Opfer und passte wohl auch nicht mehr ins Gesamtbild der Gegend. Ganz früher soll es mal ein Gefängnis gewesen sein und soweit ich mich erinnere, war auch die freiwillige Feuerwehr der Stadt dort einmal untergebracht, aber das ist nur eine Vermutung.

Dieses Haus war einmal ein tolles Jugendzentrum mit dem Namen Jonasbau. Angeblich kommt der Name aus dem Hebräischen und bedeutet Taube. Na ja, Tauben habe ich dort keine getroffen, dafür viele junge Leute, für die das Jugendzentrum so etwas wie ein zweites Zuhause war. Sicher, es gab eine Art Jugendclub der evangelischen Kirche und es gab Jugendveranstaltungen der Pauluskirche, aber diese Einrichtungen waren nur gelegentlich geöffnet, boten wenig Freizeitangebote und waren anders konzipiert als ein Jugendzentrum mit Sozialarbeitern.

Der Jonasbau war irgendwie anders. Da traten Bands live auf, meist am Wochenende, gelegentlich wurden Filme gezeigt oder Fahrten ins Hallenbad im nahe gelegenen Steinhagen organisiert. Im Keller wurden Getränke ausgegeben, das Bier war günstig und rauchen durften wir auch. Im Erdgeschoss stand ein Billardtisch und ein Kicker, die man kostenlos benutzen durfte.

Der Jonasbau hatte fast jeden Tag geöffnet. Zwei Sozialarbeiter – der eine hieß Willie und von der anderen habe ich den Namen vergessen –

sorgten für den reibungslosen Betrieb. Auch ein gewähltes Leitungsteam, bestehend hauptsächlich aus Jugendheimbesuchern, wirkte mit. Ich glaube, es war ein Ex-Bürgermeister, der sich für die Eröffnung des Jugendzentrums engagierte.

Am Wochenende war meist viel Betrieb, entweder wurde ein Film gezeigt, zum Beispiel *Einer flog über das Kuckucksnest* oder das Musical *Jesus Christ Superstar*. Hier sah ich das erste Mal den Woodstock-Film in voller Länge – einfach großartig! Samstagabends spielten oft Livebands aus dem Folk-, Rock- oder Bluesbereich.

Ich kann mich noch an einen Auftritt von Gerry Spooner und Volker Wilmking erinnern. Sie betrieben in Gütersloh die Musikkiste, ein Musikgeschäft, das fast jeder musikbegeisterte Mensch der Region kannte. An diesem Abend spielten sie auch *All Along The Watchtower* von Bob Dylan, mit Gitarre und Querflöte. Es war für mich gut zu wissen und auch zu hören, dass Bob Dylans Sound keine Hexerei war, sondern das Ergebnis von drei bis vier gut arrangierten Akkorden, die mit ein bisschen Übung auch nachgespielt werden können.

Überhaupt verkehrten im Jonasbau eine Menge Leute, die an Musik interessiert waren und selbst ein Instrument spielten. Am Wochenende erklang oft aus irgendeiner Ecke des Jugendzentrums Musik von James Taylor, Mungo Jerry, Neil Young,

Bob Dylan, Simon and Garfunkel, den Rolling Stones, Manfred Mann, The Mamas and the Papas oder auch Pink Floyd, natürlich alles selbst gespielt. Wie schaffen die Leute es nur, so gut zu spielen?, habe ich mich damals gefragt. Und dann auch noch vor Publikum zu singen? Dazu gehört schon eine gehörige Portion Selbstvertrauen, was mir damals leider völlig fehlte. Doch was wäre ein Jugendzentrum, wenn es nicht unterschiedliche Persönlichkeiten mit ihren individuellen Eigenheiten integrieren kann?

Ich wollte auch unbedingt Gitarre lernen. Das war mir ein so wichtiges Anliegen, dass ich mich richtig ins Zeug legte und mir ein Instrument besorgte. Mit meiner Mutter zusammen kauften wir in einem Musikgeschäft in Verl, das damals noch in einer Scheune untergebracht war, eine Schrammelgitarre für 130 Mark. E war eine Dreadnought Westerngitarre mit Stahlseiten und einem relativ großen Resonanzkörper. Für einen Gitarrenkoffer, der so ein Teil auch optisch aufwertete, reichte das Geld nicht. Also gab es nur eine Tasche dazu, die aber auch ihren Zweck erfüllte.

Mit diesem Instrument tauchte ich am nächsten Tag im Jugendzentrum auf, denn es war ein Gitarrenkurs angekündigt, an dem ich unbedingt teilnehmen wollte. Clemens war der Meister der Gitarre und zeigte uns, wie es geht: erst die Gitarre stimmen, dann e-Moll, C-Dur, D-Dur, G-Dur, und schon wussten wir, wie man *Heart of Gold* von Neil Young spielte – nicht so schön wie er, aber schon in die richtige Richtung:

> „I wanna live, I wanna give,
> I've been a miner for a heart of gold.
> It's these expressions I never give.
> That keeps me searching for a heart of gold.
> And I'm getting old."

Neil Young kam an, er war der King, zumindest für mich. Später zeigte mir Clemens noch andere Sachen auf der Gitarre. Manchmal legte er eine Schallplatte auf und suchte sich ein Stück darauf aus. Dann versuchte er, Schritt für Schritt und mit einer Engelsgeduld die Struktur des Stückes nicht nur akustisch zu erfassen, sondern auch genauso zu spielen, wie es zu hören war. Alles, was ich heute auf der Gitarre spiele, habe ich Clemens zu verdanken, der damals wirklich viel Geduld für mich aufbrachte. Ohne ihn hätte ich nie die spirituelle Kraft gespürt, die von Musik ausgehen kann.

Ich habe es nie geschafft, mich einmal bei ihm für dieses Geschenk zu bedanken. Irgendwann führten unsere Wege auseinander und wir verloren uns aus den Augen. Hier an dieser Stelle daher:

Hey Clem, wenn Du das liest, vielen Dank, dass Du mir das Gitarrespielen beigebracht hast, es hat mein Leben in jeder Hinsicht bereichert. Das wollte ich Dir immer schon einmal sagen. Vielleicht freut es Dich ja zu hören, dass ich immer noch spiele. Mittlerweile habe ich mir eine Original Fender Stratocaster und eine Martin Dreadnought spendiert. Im letzten Frühjahr habe ich mir eine tolle Gibson L6 aus dem Jahr 1976 sowie einen Bedrock Röhrenverstärker zugelegt.

Der Jonasbau hatte ein paar Übungsräume, die Musiker oder Musikgruppen kostenlos nutzen konnten. So kam es, dass sich hier öfter Leute zum Spielen trafen. Die Szene war recht bunt, vom Folksänger bis zur Bluesgruppe war fast alles vertreten. Im Sommer traf man sich mit seinen Instrumenten vor dem Jugendzentrum, denn es gab eine herrliche Rasenfläche mit großen Eichen, wo wir im Sommer den ganzen Tag saßen. Hier konnten wir Musik machen, rauchen und trinken und niemand störte sich daran. Niemand störte sich auch an den nächtlichen Sessions; meistens war es schon weit nach Mitternacht und wir noch richtig gut drauf.

Die erste elektrische Band, in der ich spielte, hieß Korkenzieher. Eine schlechtere Band hat es in dieser Gegend nicht gegeben, glaube ich. Wir waren zu viert: Ralf am Bass, Heinz am Schlagzeug, Jürgen mit Gesang und Gitarre und ich an der Gitarre.

Letztens fand ich eine alte Setlist, wo man sehen kann, was wir so spielten: *Honky Tonk Woman* von den Rolling Stones, *Hotel California* von den Eagles, *Sklavenhändler* von Ton Steine Scherben und diverse eigene Sachen, oft improvisiert. Wir spielten so gut wir konnten; so richtig nachspielen war nicht unsere Sache.

Obwohl wir in technischer Hinsicht Amateure waren, überzeugten wir doch so manches Publikum mit unserer Botschaft, dass nichts so sein muss, wie es ist, dass Wut und Trauer ihre Berechtigung haben und dass wir keine angepassten Scheißer sein wollen. Im Grunde wollten wir unserem damaligen Frust Ausdruck geben, durch die Musik konnten wir ihn kommunizieren.

So kam es, dass wir relativ problemlos ein paar Auftritte absolvierten, meistens in Harsewinkel. Einmal hatten wir in Bielefeld einen Gig und es kamen nur drei Leute.

Unsere erste Gage haben wir damals sofort versoffen; das war auch nicht schwer. Manche Leute liebten uns und manche Leute hassten uns für das, was wir machten. Wir repräsentierten eine Seite der menschlichen Psyche, die den sturen Ostwestfalen zu zeigen eher schwerfällt, nämlich

Zweifel daran auszudrücken, wie unsere Zukunftsgestaltung einmal aussehen sollte: bis 65 zu malochen und danach im Fernsehsessel die noch verbleibende Zeit abzuhängen. Niemand fragte uns nach unseren Träumen und Sehnsüchten, wir wollten sie eine Weile spüren und zulassen. Aus heutiger Sicht würde ich sagen, wir brauchten ein Ventil, um Dampf abzulassen, und Musik zu machen erschien uns als der richtige Weg dorthin. Unsere gelegentlich als zu laut empfundene Musik war einfach ein Ausdruck von Lebendigkeit, Vitalität und Lebensfreude.

Vor einigen Jahren trafen wir uns wieder und sprachen über Möglichkeiten eines Comebacks – aus Spaß, einfach so. Es war schön, über alte Zeiten zu sprechen und sich daran zu erinnern. Aus dem Comeback ist natürlich nichts geworden, und so wie ich die Sache heute sehe, ist dieses Projekt tot. Wir sind älter geworden und leben unser eigenes Leben.

Manchmal denke ich: Okay, wir hatten unsere Musik, dann gingen wir unserer Wege und heute, mit Anfang fünfzig, stehen wir wieder an einem Punkt im Leben, wo wir neue Weichen stellen möchten und den Wunsch haben, etwas Neues auszuprobieren, etwas zu tun, was uns schon das ganze Leben beschäftigt hat, wie zum Beispiel Musik machen mit anderen Leuten.

Menschen trennen sich, weil sie sich für andere, neue oder für sie interessante Wege entscheiden und neue Prioritäten setzen. Irgendwann ist dann mit dem alten Leben Schluss. Die meisten entscheiden sich für ein stinknormales, bürgerliches Leben mit Hochzeit, Kindern, Haus und Garten. Warum auch nicht? Oft machen wir es unseren Eltern nach, weil wir das Leben so kennengelernt haben. Meist wollen wir in der Erziehung alles besser machen als sie und überhaupt – daran kann ich mich noch besonders gut erinnern – wollten wir nie so werden wie sie. Und diejenigen von uns, die das am lautesten forderten, wurden meist noch schlimmer als sie.

Nur ein paar zogen es wirklich durch. Sie weigern sich bis heute, die Lebensentwürfe der Eltern zu kopieren. Dafür bekamen sie viel Prügel, meist von Leuten aus dem eigenen Freundeskreis, die nicht verstehen konnten oder wollten, warum jemand unter ihnen lebt, der nicht verheiratet ist, keine Kinder hat, aber ständig mit anderen Frauen unterwegs ist. Das zerrte an ihren Moralvorstellungen und ihrer Du-darfst-nur-mit-der-einen-Mentalität, die sie einem jedes Mal unterbreiteten, wenn man sie traf. Aus ihren Köpfen wich jegliche Jugendlichkeit und jegliches Aufbegehren, sie soffen ihre Wünsche einfach nieder und rächten sich an der ganzen Welt für ihr selbstgewähltes, biederes Leben.

Einige Menschen haben im Laufe der Zeit eine Persönlichkeit entwickelt, die mich sehr beunruhigt. Sie legen ein Verhalten an den Tag, das ich als Jugendlicher bei ihnen nie sah. Manch langhaariger Stadtindianer hat sich im Laufe der Zeit zu einem wertvollen und angepassten Mitglied der Stadt entwickelt. Die Hippie-Allüren der siebziger Jahre wichen einer Spießermentalität, die ihresgleichen sucht: Geltungssucht, Egoismus, Vereinsmeierei, bürgerliches Leben mit pseudoalternativem Ansatz, gepaart mit einem widerlichen Gerechtigkeitsempfinden. Sie tauschten ihr Indianerzelt gegen ein Kleinstadthaus, natürlich vom Schwiegervater bezahlt, wurden Hausmeister im Tennisverein und singen im Kleingartenverein Lieder von Udo Jürgens, die sie auf ihrer Gitarre begleiten. Da sind die Beifallsstürme gewiss. Wirklich schön, wenn man noch solche Ventile hat – da gehe ich doch lieber gleich abkotzen.

Am schlimmsten ist es, wenn du Streit mit so jemandem hast; da krachen Welten aufeinander. Okay, wir hatten Stress wegen einer blöden Geschichte, die in meinen Augen auch anders hätte ausgehen können. Ich fühlte mich übergangen von einem Menschen, dem ich einmal vertraut habe und der behauptet, dass ich einmal sein bester

Freund war. Und dann erzählt er Scheiße über mich – Dinge, die nicht stimmen, Sachen, die mich verletzen. Ich hörte es von anderen Freunden. Ob es da je zu einem klärenden Gespräch kommen wird, wage ich zu bezweifeln.

Apropos Musik und Kultur in Harsewinkel. Letztens habe ich einem Freund erzählt, dass ich ein Buch über meine Kindheit und Jugend in dieser Stadt schreibe. Dabei erwähnte ich beiläufig, dass ich auch beabsichtige, etwas über das kulturelle Leben jenseits der Schützenfeste und Männergesangsvereine zu schreiben. Plötzlich rief mein Freund wie aus der Pistole geschossen: „Kennst du noch Atilla Afak?"

Ich wusste sofort, wen er damit meinte. Atilla betrieb den Rockpalast in Harsewinkel. Der „Rocky", wie er von uns genannt wurde, war eine Diskothek mitten im Stadtzentrum von Harsewinkel. Der Rocky war eine Anlaufstelle für Jugendliche und natürlich auch Erwachsene, die Lust hatten, sich zu später Stunde und bei guter Musik ein paar Gläschen zu gönnen. Der DJ war der wichtigste Mann im Raum und machte seinen Job meistens sehr gut.

Der Eintritt kostete drei Mark, ab 1:30 Uhr nachts konnten wir gratis hinein. Saufen war günstig, Bier gab es ab 2,50 DM, im Keller gab es sogar was zu essen, eine Art Stehpizzeria. Tief in der Nacht noch eine kleine Stärkung zu bekommen, dass war für Harsewinkler Verhältnisse schon echt progressiv. Im Morgengrauen gingen wir nach Hause, meist vollgedröhnt von der Musik und auch vom Bockbier, das wir intus hatten und das manche von uns an der frischen Luft wieder auskotzten.

Im Rocky trafen wir immer Leute, wir kannten uns. Wenn man allein war, konnte man einfach nur Musik hören und seinen Gedanken freien Lauf lassen. Manche kamen um 1 Uhr nachts, manche auch erst um 4 Uhr morgens – je nachdem, womit sie vorher beschäftigt waren. Es war ein Kommen und Gehen. Niemand schaute auf die Uhr.

Manchmal ergab sich auch die eine oder andere nette Bekanntschaft. Mit ordentlich Bier im Kopf erscheint dir selbst die härteste Frau wie ein zartbesaitetes Wesen – sorry, ist nicht böse gemeint, nein, ganz im Ernst: Ab und zu ging man morgens nicht allein nach Hause, sondern verlängerte die anregende Nacht noch um ein kleines Stelldichein. Wenn dazu noch in aller Herrgottsfrühe die Kirchenglocken läuteten, wusstest du, dass du alles richtig gemacht hast. Halleluja!

Im Nachhinein meine ich, dass der Rocky für eine Menge Leute so etwas wie eine zweite Heimat war, eine Art Familie, die auch nachts für einen da war, wenn man sie brauchte. Und es war nicht nur eine Minderheit von Jugendlichen, die sich dort nachts herumtummelten, sondern man begegnete fast der ganzen Jugend der Stadt. Vor einigen Jahren schloss der Rocky für immer seine Türen.

Der Kiekes Rin am Schützenplatz, direkt neben der ehemaligen Realschule, war auch eine Art Ersatzfamilie. Für diejenigen, die der alten Dialekte nicht mächtig sind: „Kiekes Rin" hat nichts mit dem Unternehmen Kik zu tun, sondern bedeutet so viel wie „kiek mal rein" oder zu Neudeutsch: „Schau mal vorbei." Das Wort „Kiek" begegnete uns ja schon bei dem Wahrzeichen der Stadt, dem Spökenkieker vor dem Harsewinkler Rathaus.

Doch zurück zum Kiekes Rin. Eigentlich ist diese urige Kneipe ein altes Fachwerkhaus mit rustikaler Innenarchitektur, verwinkelten Sitzecken und großem Biergarten. Udo, sein damaliger Betreiber, hatte ein Händchen für Geldvermehrung und machte aus dem anfänglich eher verschlafenen Häuschen einen Treffpunkt mit hoher Kundenfrequentierung. Es war keine typische Männerkneipe, sondern eher ein moderner Treffpunkt für Männer und Frauen. Die Spezialität des Hauses waren Altbierbowle mit Erdbeeren und hausgemachte Frikadellen.

Ins Kiekes gingen Leute, die sich gern und lange unterhielten und dabei ihr Altbier oder

Alt-Schuss genossen. Es waren Leute, die studierten, und Leute, die sich für Politik interessierten, aber eigentlich gingen dort alle möglichen Menschen ein und aus. Die Atmosphäre war nett und gemütlich, die Musik lief dezent im Hintergrund – ein Ort zum Wohlfühlen und Relaxen. Gelegentlich spielte jemand etwas spontan auf der Gitarre und sang dazu. Manchmal spielte auch eine Band, aber dafür war die Kneipe eigentlich schon zu klein. Im Sommer genossen wir bei einem kühlen Bierchen die lauschigen Nächte, der Kiekes hatte lange offen. Manchmal ging man auch dorthin, um seinen Kummer zu ertränken. Niemand stellte Fragen (Fragen stellen ist nicht des Harsewinklers Ding), aber man wusste auch so, was los war, denn das Kiekes Rin war wie jede andere Kneipe eine Nachrichtenzentrale, die besser funktionierte als jede regionale Tageszeitung.

Leider bleibt die Zeit nicht stehen und das Kiekes Rin ist längst Legende. Es gibt ihn nach wie vor noch; aber mir hat jemand erzählt, dass nur noch wenig an vergangene Tage erinnert. Die damals verrauchte, urige und bierdunstige Atmosphäre ist einer nüchternen Realität gewichen. Im Internet fand ich heute, am 3. Juli 2014, einen Eintrag zum Kiekes, der die heutige Atmosphäre gut beschreibt. Der User schreibt:

„Tja, leider, leider ist das Kickes oder wie das Kiekes Rin hier umgangssprachlich heißt, auch nicht resistent gegen den Wandel, den die Zeit so mit sich bringt. In der Tat ist das Kickes noch eine auf extrem urig gemachte Kneipe auf dem Schützenplatz in Harsewinkel, jedoch in Zeiten in denen Rauchverbot und Barfood auch in ehemals sympathische Kaschemmen Einzug halten. Nun, das Kiekes Rin hat sich dem allgemeinen Trend leider nicht widersetzt und ist inzwischen auch nur eine gemütliche Dorf-Kneipe, die sich höchstens noch durch ihre lange Historie als die Ur-Kneipe der (damaligen) Jugend etwas abhebt. Aus Nostalgie gerne noch mal ein Bier oder Alt-Schuss, ansonsten gibt's genug gleichwertige Alternativen (auch in Harsewinkel)".

Ich kann mich noch an sogenannte Pilgerreisen erinnern: Erst ging es in den Jonasbau, als dieser dann so gegen Mitternacht schloss, ging es ins Kiekes Rin und gegen 1:30 Uhr machten wir uns auf zur letzten Ölung in den Rocky. Dieses Ritual wurde viele Monate gehegt und gepflegt – aus heutiger Sicht etwas eigenartig, denn mit den gleichen Leuten kannst du dich auch zu Hause in den Garten setzen und bis zum Morgen trinken und quatschen. Aber damals war es uns wichtig, nicht zu Hause zu sein, sondern etwas Neues mit ungewissem Ausgang auszuprobieren.

Sie leben und laufen immer noch durch die Stadt, die Weggefährten meiner Jugend, etwas älter und manch einer auch korpulenter, aber dennoch auf den ersten Blick wiederzuerkennen. Manche von ihnen kennen mich noch und reden mit mir, wenn ich sie zufällig in der Stadt treffe. Bei diesen Leuten hat man das Gefühl, dass sie einen mögen.

Andere hingegen meiden den Kontakt mit mir; ich spüre, wie sie mir aus dem Weg gehen und sich unauffällig verstecken. Möglicherweise ist es ihnen unangenehm und peinlich, mit mir zu sprechen, aber ich glaube, dass sie, aus welchem Grund auch immer, nicht mehr an alte Zeiten erinnert werden wollen. Sie schämen sich für ihre Jugend oder für das, was sie einmal fühlten und dachten; manche früheren Erlebnisse und Erfahrungen haben sie sicher nie ihren Frauen erzählt. Mein Gott, wir waren keine Heiligen und haben eben das getan, was wir tun mussten! Da gab es kein Richtig oder Falsch.

Im Übrigen meine ich, dass wir nichts Unrechtes getan haben; die meisten von uns waren nett, freundlich und hilfsbereit. Natürlich haben wir auch Mist gebaut, den ich aber an dieser Stelle nicht erzählen werde. Das Schöne an Geheimnissen ist, dass sie Geheimnisse bleiben und nur ein paar Eingeweihte sie kennen.

Wenn ich etwas in der Gegend und in der Stadt erledigen muss, begegnen mir manchmal Menschen, die damals sehr progressiv und weltoffen auf mich wirkten und heute den Eindruck vermitteln, als wenn sie sich nur noch in ihrer eigenen Welt bewegen. Ihr Blick ist nach innen gerichtet, und Signale von außen scheinen bedrohlich auf sie zu wirken. So stehen sie in sich zusammengesunken an der Supermarktkasse (als ob es ihnen unangenehm ist, überhaupt dort zu stehen), bezahlen schnell und verlassen das Geschäft wieder. Was ist nur mit ihnen passiert, dass sie sich so unauffällig auffällig verhalten? Manchmal kommt es mir so vor, als wenn sie von der Zeit überrollt wurden. Mit dem sozialen Wandel, mit dem sich ja alle Menschen auseinandersetzen müssen, kamen sie womöglich nicht zurecht. Vielleicht leben sie immer noch so wie vor dreißig Jahren, als die Welt vielleicht erträglicher, die Menschen freundlicher und das Leben möglicherweise spannender war.

Ich denke, dass es einigen Menschen dieser Stadt heute so geht, mich eingeschlossen. Nur werden sie nicht mehr wahrgenommen, weil der öffentliche Raum – also der Raum, wo man noch Möglichkeiten zur Artikulation und Kommunikation hat – zur Gänze verschwunden ist. Ich wüsste heutzutage nicht, wo ich in der Stadt Menschen zum Reden finden könnte. Klar, es gibt die diversen Kneipen und Schluckhallen der Stadt, das geht immer, war gestern so und wird vermutlich auch in hundert Jahren noch so sein. Aber das Kneipenleben hat sich verändert: Es gehen nicht mehr so viele Leute am Wochenende ins Wirtshaus. Die meisten bleiben zu Hause und bedienen sich am Kühlschrank.

Aber einmal ganz im Ernst: Wohin würdest du am Wochenende gehen, wenn du jemanden zum Quatschen suchst? Der Zyniker würde vermutlich empfehlen, in die Kirche zu gehen oder zur Beichte – ein Sanctus tut immer gut, zumindest schadet es nicht.

Ach ja, Kirche. Vor ein paar Monaten ging ich in der Nähe der Pauluskirche spazieren, ich glaube, es war am Freitag- oder Samstagabend, und da hörte ich sie wieder, die Glocken, die zum Kirchgang aufforderten: „daduuuumm, daduuuumm, daduuuumm …" klang es laut und bedrohlich in meinem Ohr, „daduuuumm, daduuuumm, daduuuumm …" Niemand entzieht sich der Dominanz des Klerus, nicht einmal ich, und so trieb mich meine Neugier an die große Kirchenpforte. Ich wollte sehen, wer der Stimme des Herrn folgte. Es spielten sich erschütternde Szenen ab – soll ich euch erzählen, was ich sah?

Es war unglaublich. Die Kirche war schon ziemlich voll, als ich einen kurzen Blick ins Innere warf. Und wenn ihr meint, dass nur alte Menschen in die Kirche gehen, werdet ihr schnell eines Besseren belehrt. Was ich sah, war ernüchternd. Es war nicht, wie ich vermutete, die Generation 70plus, die noch einen engen Bezug zur Kirche hat. Diese Zielgruppe schien eher unterrepräsentiert. Ich sah Männer und Frauen in meinem Alter und auch wesentlich jüngere Paare, meist in Begleitung ihrer Kinder. Heiter und fröhlich gingen sie gemeinsam ins Gotteshaus, um was auch immer dort zu erleben.

Ich merke, ich komme vom Thema ab. Ich sprach von Menschen dieser Stadt, die mir bei meinen letzten Besuchen durch ihre Verschlossenheit auffielen, davon, dass ich diese Menschen früher als weltoffen und modern empfunden habe und dass wohl etwas in ihrem Leben passiert sein musste, was sie zu dem gemacht hat, was sie heute nach außen signalisieren.

Konträr dazu ist mir aber noch ein zweiter Typus Mensch in Harsewinkel aufgefallen, den ich als Jugendlicher nicht wahrgenommen oder möglicherweise nie beachtet habe. Diese ostwestfälischen Unikate erinnern an vom Baum heruntergestiegene Affen, die sich ständig auf die Brust klopfen, um aller Welt zu signalisieren, wie wichtig sie sind. Wenn sie auftauchen, weiß jeder: Achtung, hier kommt das Alphamännchen, um seine Duftmarke zu setzen! Meist tragen sie ein breites Grinsen im Gesicht und ihre Körperhaltung verrät: Widerspruch zwecklos. Sie beanspruchen so viel Raum um sich herum, dass einem die Luft zum Atmen fehlt. Respekt und Höflichkeit gegenüber anderen ist nicht ihre Stärke, schließlich finden sie sich ja am tollsten. Selbstreflexion ist für sie nur etwas für Weicheier, zu denen sie sich definitiv nicht zählen. Dieses protzige Selbstbewusstsein kann schon mal zu der Einschätzung verleiten, man sei im falschen Film. Wo aber ist der Notausgang?

Mancher von euch wird an dieser Stelle fragen, was meine Ausführungen denn noch mit dem kulturellen Leben der Stadt zu tun haben. Darauf kann ich nur entgegnen, dass auch die von mir beschriebenen Charaktere ein Teil dieser Stadt sind und ihr ein Gesicht verleihen. Sie bilden oft die Grundlage für die Legendenbildungen über die „typischen" Ostwestfalen.

Was macht den typischen Westfalen aus? Wenn ein Ostwestfale sich aufregt oder ein außergewöhnliches Ereignis passiert ist, sagt er oder sie nicht „oje oje" oder „man, man, man", nein, im Westfälischen sagt man „ker, ker, ker".

Bist du neu in der Stadt und es redet mal ein Einheimischer mit dir (was gelegentlich vorkommt), dann fragt er dich meist: „Wo kommst du denn wech?", nicht: „Von wo bist du denn?" oder: „Woher kommst du?" Die Steigerung von „wo kommst du denn wech?" ist: „Von wo tust du denn wechkommen?"

Beim Canasta spielt der Westfale nicht den Joker, sondern den „Schjocker" oder den „Tschoker", gelegentlich auch mal die „Sexy" statt der Sechs. Gehst du in den Baumarkt und fragst das Personal nach bestimmten Dingen, die du suchst, hörst du meist die Antwort: „Das hamm wir alle."

Erst kürzlich hat mich ein Tiroler Freund auf eine typisch westfälische Redewendung aufmerksam gemacht, und zwar lautet diese: „Komm mal in die Pötte." Das bedeutet so viel bedeutet wie: „Jetzt beeil dich mal." Was ihm auch auffiel, war, dass man zu Auto auch Karre sagt.

Manche Begrüßungsformel mag einen Nicht-Westfalen eigentümlich erscheinen, zum Beispiel wenn man nicht mit „guten Tag", sondern mit „Tach", „Tach auch", „guten Tach" oder in seiner extremen Form mit „Juten Tech" begrüßt wird. Und auch manch andere Redewendungen wie „Morjen, wie geit dich dat?" oder „ey du Nacken" sind Ausdruck Harsewinkler Sprachkultur.

Jeder Mittvierziger aus Harsewinkel kennt die Münsteraner Rockband „Die Zwillinge und die Blechgäng", dominiert eben von den Zwillingen

Richie und Gerd Bracht. Das erste Mal hörte ich sie auf einem Open-Air-Festival in Harsewinkel, dass muss Anfang der achtziger Jahre gewesen sein. In ihrer Musik geht es um Liebe, Alltag, Frust oder besondere Momente im Leben. Und es scheint so, als wenn sich viele Harsewinkler mit dieser Art von Musik und den dazugehörigen Texten identifizieren: „So ein Bauch dick vom Bier, gehört zum Mann wie ein langer Schwanz zum Tier", oder „Alkohol, Alkohol, du bist mein Feind, das weiß ich wohl, schon in der Bibel steht geschrieben, du sollst auch deine Feinde lieben".

Mir gefallen von ihnen besonders Texte wie diese: „Wir sind unseren Träumen noch treu, wir sind immer noch dabei" oder „zeig mir die Farben deiner Seele, ich kenn nur die Schatten deiner Haut". Diese Band existiert noch heute, und gelegentlich spielen sie auch in Harsewinkel. Erst kürzlich traf ich eine gute Bekannte, die mir erzählte, dass man anlässlich eines bevorstehenden Jubiläums die Zwillinge und die Blechgäng gebucht hat.

Überhaupt war progressive Musik in Harsewinkel als alternativer Gegensatz zu Schützenkapellen, Marschmusik und Tanzmucke sehr angesagt. Ich kann rückblickend nicht sagen, warum die Leute plötzlich auf Supermax, Pink Floyd, Neil Young oder Indie Bands standen. Vermutlich war das in den siebziger Jahren ein allgemeiner Trend, der bis in die entlegensten Winkel Ostwestfalens vordrang.

Davor konnten wir gelegentlich aus den Häusern und Wohnungen Musik von den Rolling Stones oder Beatles hören. Man blieb stehen und spürte die Kraft, die von dieser Art Musik ausging. Sie hatte etwas Anziehendes, Magisches und Spirituelles zugleich.

Und dann gab es noch die sogenannten Moonlight-Partys, Veranstaltungen, die irgendwo in der Pampa stattfanden, also auf abgelegenen Wiesen oder Feldern. Das Licht war schummrig und wir, so im Alter von 16 Jahren, konnten kaum erkennen, was da eigentlich abging. Wir hörten Musik, die irgendwie psychedelisch klang und wie eine spirituelle Droge wirkte. Ich glaube, dass das erste Lied, das ich dort hörte, *Shine On You Crazy Diamond* von Pink Floyd war:

> „Remember when you were young?
> You shone like the sun.
> Shine on, you crazy diamond.
> Now there's a look in your eyes
> Like black holes in the sky.
> Shine on, you crazy diamond."

Pink Floyds Musik war zeitlos, die Musiker nahmen sich Zeit für ihre Botschaft. Und dann dieser

Gitarrensound von David Gilmour – das war mehr als Kunst.

Noch psychedelischer wurde es, wenn Musik von Tangerine Dream aufgelegt wurde, eine deutsche Band, die Musik mit Synthesizern machte. Da konnte ein Musikstück schon mal dreißig Minuten dauern, aber ohne dass einem die Lust aufs Hören verging – irgendwie war es zeitlos, neu und avantgardistisch zugleich.

Alkohol gab es auf diesen Veranstaltungen, die übrigens nie offiziell beworben wurden, keinen. Zumindest habe ich keinen gesehen. Überhaupt hing auf dem ganzen Gelände ein Geruch von Patchouli (eine Art indisches Parfüm) und Räucherstäbchen in der Luft. Die Mädchen liefen in bunter Kleidung über den Platz und waren meist mit einem noch bunteren Stoffbeutel mit Fransen ausgestattet. Man trug langes Haar, sowohl die Männer als auch Frauen. Wer mit kurzen Haaren erschien, war irgendwie verdächtig – ein Spießer oder Drogenfahnder.

In etwas ordentlicheren Bahnen verliefen die Harsewinkler Rockfestivals, die ab Mitte der siebziger Jahre stattfanden. Diese dreitätigen Veranstaltungen fanden auf großen Wiesen außerhalb des Dorfes statt. Es gab einen Zeltplatz und Toilettenwagen und natürlich flüssige und feste Nahrung. Alles war professioneller organisiert als auf den Moonlight-Partys. Für die Bierbarone der Stadt war die Veranstaltung ein lukratives Geschäft, denn ein Bierwagen auf dem Festivalgelände hatte eine magische Anziehungskraft auf die Besucher. Schon morgens ab 10 Uhr floss der Alk in Strömen und der Strom durstiger Besucher stand bis spät in die Nacht Schlange.

Auf diesen Festivals war das Publikum durchschnittlicher als auf den Moonlight-Partys; von ganz normal bis ziemlich schräg war alles vertreten. Der Zeltplatz lag nicht weit entfernt von der Bühne und auch Parkplätze gab es reichlich in der Nähe, sodass alles recht komfortabel organisiert war. Wer kein Zelt dabeihatte und nachts nicht mehr fahren konnte, schlief einfach im Auto (wenn er es noch bis dahin schaffte). Manche schliefen in ihnen unbekannten Zelten, so ein Festival bot sich wunderbar an, Menschen kennenzulernen. Manche hatten auch Hängematten dabei, die sie zwischen den Bäumen am nahe gelegenen Waldrand befestigten – der Improvisationsfreude für ein Nachtlager waren keine Grenzen gesetzt.

Und es gab Leute, die einfach im Wald schliefen. Dort trafen wir bei einem Spaziergang einmal jemanden, den alle den „Druiden" nannten: ein bärtiger kleiner Mann mit langem Gewand und umgehängtem Beutel. Angeblich sammelte er im

Wald Kräuter und Pilze; irgendwie erinnerte er an Miraculix aus Asterix und Obelix. Aber er passte gut ins Bild alternativer Lebensentwürfe, die wir uns damals gern ansahen. Vorurteile, so wie sie heute gegenüber etwas schräg anmutenden Menschen bestehen, kannten wir noch nicht. In unserem Weltbild war für viele Lebensentwürfe Platz – nur nicht für diejenigen, die für uns vorgesehen waren.

Auf einem der ersten Festivals spielte die deutsche Rockband Grobschnitt aus Hagen. Ihre theatralisch inszenierten Songs und die ausgereifte Bühnenschau machten sie über die Grenzen Deutschlands hinaus populär. Sie sangen Texte auf Deutsch und Englisch: „Take your car, drive to Africa, in the Sahara, to find the voice of Alibabahaha." Manche Stücke dauerten über eine halbe Stunde, aber es war faszinierend, dieser Band in einer lauschigen Sommernacht zuzuhören.

Auch Korkenzieher, die Band in der ich mitspielte (ich erzählte schon davon), hatte auf einem der letzten Festivals einen Auftritt. Es war an einem Samstagnachmittag. Das Wetter war prima und wir hatten ca. 45 Minuten. Warum wir überhaupt die Bühne betreten durften – keine Ahnung, irgendwie hatten wir wohl als Einheimische eine Art Gästebonus und man räumte uns ein kleines

Gastspiel ein. Als Gage waren 25 Mark (für alle, versteht sich) oder ein Kasten Bier vorgesehen, so genau weiß ich das nicht mehr, aber wir waren unser Geld schon wert und geben uns Mühe.

Vor unserem Gig kam jemand mit einer selbstgebauten Gitarre aus einem Waschmittelkarton zu uns und bat darum, bei uns einzusteigen. Wie er dieses Objekt zu einer Gitarre formen konnte, ist mir bis heute ein Rätsel. Und dann stand während unseres Auftritts jemand hinter unserem Schlagzeuger und trommelte die ganze Zeit mit einem Holzstöckchen auf seiner großen Trommel herum und hatte einen Riesenspaß dabei.

Danach trat noch eine lokale Kabarettgruppe auf, die sich „Speiteufel" nannte. Sie bestand hauptsächlich aus Studenten und orientierte sich stark an Dieter Hildebrandts politischem Kabarett, das damals sehr beliebt war. Ähnlich wie bei der Band Korkenzieher war auch ihre Lebensdauer begrenzt, und so wurden nur einige Auftritte absolviert, bevor auch dieser kulturelle Teil der Stadt in der Bedeutungslosigkeit verschwand.

10. Muss Arbeit - First Claas Wirtschaftsleben in der Pampa

Für den Harsewinkler und natürlich auch für die Harsewinklerin gilt, was fast überall auf der Welt gilt: Nur wer arbeitet und etwas schafft, darf sich gut fühlen und hat das Recht, seine Freizeit zu genießen, wenn er oder sie dann noch dazu in der Lage ist. Um die Sinnhaftigkeit des oft sinnlosen Tuns auch noch weltanschaulich zu untermauern, erfand die katholische Kirche den Leitspruch der Massen: ora et labora. Hinzu kamen noch die preußischen Tugenden wie Ordnung, Pflicht und Disziplin. Diejenigen, die sich nicht dem Diktat preußischer Tugenden und der katholischen Leitkultur unterwerfen können oder wollen, sind keine wertvollen Mitglieder der Gesellschaft.

In Harsewinkel war und ist es immer noch so, dass manche Menschen den Sinn ihres Lebens darin sehen, Menschen in wertvolle und nicht so wertvolle Subjekte zu unterscheiden. Für sie gibt es nichts Schöneres, als im Privatleben anderer herumzuschnüffeln und üble Gerüchte über sie zu verbreiten. In ihrer seligmachenden kleinen Welt darf es diese Menschen mit einer anderen Arbeits-ethik einfach nicht geben.

In meiner Jugend hörte ich oft den Spruch „wer Arbeit sucht, der findet auch welche" – der Überlebensspruch einer Generation, in der die Qualität der Arbeit nicht unbedingt das Wichtigste war. Und mancher Leute Arbeit besteht überwiegend in der Verbreitung von Klatsch und Tratsch: bei Lidl, im Minipreis oder beim Friseur um die Ecke. Sie wissen, wo die wirklich interessanten Nachrichten entstehen und verbreitet werden. Über sich selbst haben sie meist nichts zu erzählen.

Der Grund, warum wir Ende der sechziger Jahre nach Harsewinkel zogen, war die Arbeit meines Vaters. Er hatte hier eine neue Anstellung gefunden, die unsere Familie halbwegs versorgen konnte. Über seinen Arbeitgeber hatte ich schon etwas erzählt; auch die zukünftige Welt wird noch über diesen weltbekannten Erntemaschinenhersteller schreiben und die Stadt wird ihm weiterhin, wie in der Vergangenheit, Denkmäler setzen, indem sie Schulen, Straßen oder Gebäude nach ihm benennt.

Wer mit dem Auto von auswärts in die Stadt hineinfährt, spürt gleich die spirituelle Kraft, die vom Mähdrescherbau ausgeht. Claas ist Religion, nein, Claas ist Gott. Ich würde auch gerne „first Claas" leben – wie geht das? Alles Claas?

Auf dem Ortschild prangt seit einigen Jahren unter dem Stadtnamen der Zusatz „Die Mähdrescherstadt". Ursprünglich plante die Stadt, den Zusatztitel „Europas Mähdrescherstadt" zu verwenden, doch das wirkte auf das Ministerium zu unpräzise und irreführend. Die Huldigung an den größten Arbeitgeber der Region soll die Nähe und Verbundenheit der Stadt mit ihm symbolisieren. Man könnte es auch als Demutsgeste von Provinzpolitikern gegenüber dem Unternehmen interpretieren.

Wie dem auch sei, das Unternehmen mit dem Namen Claas, ein typisches mittelständisches Familienunternehmen mit langer Tradition, gibt den Bewohnern der Region seit vielen Jahrzehnten Brot und Arbeit. War der Opa schon im Werk beschäftigt, folgten ihm Sohn und wiederum dessen Sohn.

Mein Vater hat über vierzig Jahre in diesem Unternehmen gearbeitet. Jeder Arbeitstag begann für ihn um 6:30 Uhr. Vierzig Jahre sind eine lange Zeit und hinterlassen Spuren; nicht selten wird eine innige Verbindung zum Unternehmen aufgebaut. Das Unternehmen ist Philosophie, Familie und Identitätsstifter zugleich; man weiß, wo man hingehört, wenn man es auch sonst nicht weiß. Langsam verstehe ich, was Menschen meinen, wenn sie von dem Wert der Arbeit sprechen.

Doch das war nicht immer so. Ursprünglich waren die Stadt und die umliegenden Gemeinden fest in der Hand von Bauern, Handwerkern und sonstigen Gewerbetreibenden. Das Leben war überschaubar, man kannte sich und unterstützte sich gegenseitig. Es wurde miteinander Handel betrieben, Feste gefeiert und sonntags natürlich dem Herrn für seine Güte gedankt.

Um 1900 entwickelte sich die extensive Landwirtschaft zu einer eher intensiven Viehhaltung. Hauptsächlich wurden Rinder und Schweine gezüchtet. Die Erfindung des Kunstdüngers blieb auch in Harsewinkel nicht unbemerkt, und so konnten höhere landwirtschaftliche Erträge die wirtschaftliche Lage der Landwirte deutlich verbessern. Handel und Gewerbe blieben auf dem dörflichen Niveau. Zu Beginn der Weimarer Republik, also um 1918, gab es laut Stadtchronik sechs Bäcker, einen Buchbinder, einen Fotografen, zwei Friseure, drei Klempner, sechs Maler, acht Maurer, einen Putzmacher, einen Sattler, fünf Schlachter, vier Schmiede, zehn Schneider, einen Schornsteinfeger, fünf Schuhmacher, neun Tischler, einen Uhrmacher und einen Zigarrenmacher. Es gab es eine Apotheke, einen Buchhandel, einen Fahrradhandel, zwei Fuhrleute, acht Lebensmittelgeschäfte, fünf Manufakturwarengeschäfte, drei Viehhändler und sechs Gaststätten. Im Jahr 1919 waren die Handwerker und Geschäftsleute für rund 950 Stadtbewohner zuständig.

Einen Arzt gab es zu dieser Zeit wohl nicht, aber wie mein Opa schon zu sagen pflegte: „Lieber zehn Mark in der Kneipe versaufen, als zwanzig Mark dem Arzt zu schenken."

Vielleicht war ein Arzt noch nicht so notwendig wie in der heutigen Zeit, möglicherweise gab es eine Menge heilkundliches Wissen in den dörflichen Regionen Ostwestfalens und vielleicht hat man sich früher auch nicht so viele Gedanken über seine Gesundheit gemacht wie heute, sondern dem lieben Gott gedankt, dass er mal wieder gnädig mit einem war. Hopfen und Malz, Gott erhalt's! Oder wie Udo Lindenberg 1975 zu singen pflegte: „Ein Bier und ein Korn bringt dich wieder nach vorn."

Es ist gut, dass es Stadtchronisten gibt, die die Geschehnisse der Stadt und ihre Entwicklung dokumentieren. Solche Dokumente sind wichtige Erinnerungen an die Generation unserer Vorfahren, sie helfen uns beim Verstehen unserer eigenen Geschichte und geben uns eine räumliche sowie geistige Orientierung, wenn wir uns mit der eigenen Vergangenheit auseinandersetzen möchten.

Als Kinder streiften wir tagelang durch die Stadt und angrenzende Dorfgemeinde. Es gab noch keinen Aldi, keinen Lidl, keinen Discomarkt, keinen Penny und keinen Minipreis. In unserer Gegend gab es zwei kleine Lebensmittelmärkte: den Edeka-Markt Fressmann und den A & O Markt Dammann – halt, es gab noch Dulias, den fahrenden Milchmann, von dem ich bereits erzählt habe. Und es gab sicher noch das eine oder andere kleinere Geschäft, dessen Namen ich vergessen habe.

Als ich klein war, schickte meine Mutter mich vor Schulbeginn zum Brötchenkaufen zum A & O Markt, der zehn Fußminuten von unserem Haus entfernt lag. Der Besitzer betrieb eine Bäckerei, und jeden Morgen gegen 7 Uhr bildete eine Traube von Kunden vor dem Geschäft.

Beim Edeka-Markt gleich um die Ecke kaufte meine Mutter die sonstigen Lebensmittel ein, die wir benötigten. Anfang der siebziger Jahre gab es eine Menge Kinder in unserem Vierte; entsprechend kundenorientiert war der Edeka-Markt bestückt. Er gab fast alles, was das Kinderherz höherschlagen ließ: Ahoi-Brause, Mars, Snickers, Bounty, Milky Way, Maoam, Kaugummis und Fußballsticker von Franz Beckenbauer, Gerd Müller oder Sepp Meier und jede Menge Comics wie Micky Maus, Donald Duck, Asterix oder auch Superman. Im Sommer stand immer eine Eismaschine vorm Eingang; es gab Vanille- und Schokoladeneis oder auch beides zusammen, entweder im Hörnchen oder im Becher.

Was anders war als heute und was irgendwie im Laufe der Jahrzehnte verlorengegangen ist, das ist die Atmosphäre und das Individuelle, was wir

Kinder in jedem Geschäft vorfanden. Entweder waren es die Gerüche, die uns in Erinnerung blieben, oder die Ruhe, die manches Geschäft ausstrahlte, wenn wir es betraten. Da war keine Hektik, da war keine Unruhe, da war kein Lärm. Die Überlegung zum Kauf war einfacher als heute, denn das Produktangebot war überschaubar und es gab noch keine Reizüberflutung fürs Auge.

Damit will ich nicht sagen, dass das besser war als heute. Es war nur anders. Zum Beispiel gab es keine Öffnungszeiten bis 22 Uhr, so wie heute. Die üblichen Geschäftszeiten waren von 8:00 bis 12:30 Uhr und von 14:30 bis 18:30 Uhr. Samstags gab es ab 12:00 Uhr nichts mehr zu kaufen. Mittwochnachmittags hatten die meisten Geschäfte geschlossen.

Bei Andrees gab es alles für die Schule: Schulhefte, Füller, Bleistifte, Radiergummis, bunte Schultüten für die Erstklässler oder Schulranzen. Das Geschäft gibt es auch heute noch und an seiner Struktur hat sich wenig geändert. Mittlerweile ist auch die Post dort untergebracht. Dieses Geschäft ist schon über hundert Jahre alt und hatte seinen Ursprung im Verkauf von Kolonialwaren. Eigentlich gab es dort alles zu kaufen, was es woanders nicht gab: Töpfe und Pfannen, Geschirr und Besteck, Geschenkartikel und Spielzeug für

Kinder – ein Laden für Groß und Klein oder für Jung und Alt.

Mussenbrock war das Mekka für Modellbauer und Kriegsfetischisten. Hier gab es alles, was Männerherzen höherschlagen ließ: Panzer-, Flugzeug- oder Schiffsmodelle der Firmen Revell oder Faller zum Zusammenbasteln, kleine Plastiksoldaten, Modellflugzeuge von ganz billig bis ganz teuer, allerlei Farben für den Modellbau in kleinen Töpfchen, tolle Flugdrachen in diversen Ausfertigungen und allerlei Bastelartikel für Schule und Freizeit. Mein Bruder war wohl ihr bester Kunde, denn er war täglich mit dem Zusammenbau und Bemalen von Kriegsflugzeugen oder sonstigen militärischen Modellen beschäftigt.

Direkt neben Mussenbrock befand sich der Friseursalon Ludger, der auch heute noch existiert. Dort waren wir oft als Kinder; ich glaube, es gab einen Familientag mit verbilligten Tarifen. Da war es immer rappelvoll. Dann hieß es warten; sofort an die Reihe kommen gab es nicht. Irgendjemand saß immer im Frisiersessel und unterhielt sich angeregt mit dem Meister der Schere, und das war meist der Chef persönlich.

Zum Friseur bin ich nie gerne gegangen. Irgendwie hatte ich immer das Gefühl, dass ein Haarschnitt innerhalb von Minuten die ganze Persönlichkeit verändert. Da ging es nicht um

Zentimeter, über die gefeilscht wurde, wenn man an der Reihe war, sondern um Millimeter. „Die Ohren frei?", war oft des Meisters Frage, und allein der Gedanke an geschorene Köpfe und Mekki-Haarschnitte ließ uns das Blut in den Adern gefrieren. Also bestanden wir häufig darauf, dass uns der Meister nur ganz wenig unserer üppigen Haarpracht entfernte, und entgegneten des Meisters Frage „Ohren frei?" mit der klugen Antwort: „Nicht ganz."

Auch den Friseursalon Alke in der Paulusstraße gibt es noch; mein Vater ließ sich dort die Haare schneiden. Ich glaube, dass der Chef seit vierzig Jahren immer noch der gleiche ist. Es ist ein kleines, unscheinbares Geschäft direkt gegenüber der Pauluskirche, das sich im Laufe der vielen Jahre eine große Stammkundschaft aufgebaut hat.

Beim Bäcker Windau gab es die besten Berliner der Stadt, die schmeckten einfach klasse. Die Bäckerei lag an unserem Schulweg, und so kehrten wir auf dem Heimweg dort regelmäßig ein. Die Chefin war schon recht alt und nicht immer mit der notwendigen Aufmerksamkeit dabei. Sie ließ es sich aber nicht nehmen, hier und da noch im Verkauf mitzuhelfen, sehr zur Freude von uns Kindern. Irgendwie stimmte das Wechselgeld nie; manchmal bekamen wir mehr zurück, als wir gegeben hatten. Aber wir waren treue Kunden. Irgendwann arbeitete sie nicht mehr in der Bäckerei.

Heute ist von der Atmosphäre einer alteingesessenen Bäckerei mit dem Duft von frischem Brot und Gebäck nichts mehr zu spüren. Aber so ist das Leben: Es ist ein Kommen und Gehen, Geschäfte werden geöffnet, eine Zeit lang betrieben und kaum drehst du dich um, sind sie geschlossen.

Horst betrieb das interessanteste Geschäft in Harsewinkel. Es lag mitten in der Stadt im Schatten der großen St.-Lucia-Kirche: ein kleiner, unauffälliger Plattenladen, vielleicht dreißig bis vierzig Quadratmeter groß, ein Mekka für Rock-, Blues- und Folkfreaks. Hier kauften wir unsere ersten Langspielplatten. Jeden Nachmittag belagerten wir den Laden. An der Theke konnten wir uns Platten anhören, die wir meistens auch mitnahmen.

Horst hatte einen guten Geschmack, und sein Laden war immer gut gefüllt mit tollen Vinylplatten. Für jeden war etwas dabei, der nicht auf den Schlager- und Hitparadenmist der Siebzigerjahre stand. Noch heute habe ich bei mir zu Hause Platten aus Horsts Musikladen: Genesis, Santana, Little River Band, Billy Joel, The Doors, van Halen, Frumpy, Atlantis mit Inga Rumpf, Bob Dylan, Pink Floyd, Fleetwood Mac, Bob Seger, Al Stewart, The Doobie Brothers, Supertramp und Udo Lindenberg, Georg Danzer oder Klaus Lage. Alle Platten aufzuzählen würde den Rahmen sprengen und euch Leser langweilen. Aber es war ein großartiger Laden mit einer tollen Atmosphäre.

Eines Tages traf es uns wie ein Schlag: Wir standen vor verschlossenen Türen. Einer der angesagtesten Läden der Stadt war von einem auf den anderen Tag nicht mehr da.

Es gab nie wieder einen Laden wie diesen. Das ist ein Jammer, denn in Harsewinkel gab es viele Leute, die einen anderen Musikgeschmack hatten als die Anhänger der Dieter-Thomas-Heck-Fraktion, der samstags immer die Hitparade im ZDF moderierte.

Meinen ersten guten Plattenspieler kaufte ich bei P.A. Richter. Es war ein Technics SL B3 und kostete damals ungefähr 300 Mark. Er hatte einen Frequency Servo Automatic Generator, das heißt, er konnte automatisch die Platte nochmals oder auch endlos abspielen – nicht schlecht, wenn man weiblichen Besuch hatte und sich nicht aus dem Bett bemühen musste, um eine Platte aufzulegen.

Das war vor rund 35 Jahren. Mein Plattenspieler läuft immer noch. Er ist, wie ich, zwar mit den Jahren etwas gealtert, aber bereitet mir immer noch Freude. Vor ein paar Jahren habe ich ihn einmal restaurieren lassen. Das war fast doppelt so teuer wie der Kaufpreis, und danach war das Teil in einem noch schlimmeren Zustand als vorher. Mittlerweile gibt er wieder passable Töne von sich und ich kann mich weiterhin an ihm erfreuen.

Mein Kassettendeck ist mittlerweile auch fast vierzig Jahre alt. Es hat mich noch nie im Stich gelassen, obwohl es stark beansprucht wurde. Es stammt von Pioneer, hat zwei Mikrofoneingänge, einen Kopfhörerausgang und optisch ansprechende Dezibelanzeiger, die im Takt der Musik mitschwingen. Ich habe an dem Gerät noch nie etwas reparieren müssen; nur den Tonkopf habe ich ab und zu mit Alkohol gereinigt.

Alles, was mit Technik zu tun hatte, wurde bei P.A. Richter abgewickelt. War der Fernseher kaputt, wurde er vor Ort inspiziert. Der Dienst am Kunden wurde noch sehr geschätzt. Der Mechaniker nahm den defekten Fernseher mit und ließ meist einen Ersatzfernseher da. Das Geschäft gibt es noch heute.

Natürlich sind diese Art von Unternehmen mit der Zeit gegangen und mittlerweile gibt es dort alles, was technisch angesagt ist. Die Fernseher sind dünner, leichter und größer geworden, die Schallplatten wurden durch die CD ersetzt und statt kleiner, analoger Zimmerantennen gibt es heute digitale Satellitenschüsseln. Die technische Revolution setzte mit dem kabellosen Telefon ein;

mittlerweile kann jeder so sprechen, wie es Captain Kirk in *Raumschiff Enterprise* ab Mitte der sechziger Jahre tat.

Gegenüber von P.A. Richter gab es ein Schuhgeschäft, dessen Namen ich vergessen habe. Eigentlich war es nicht nur ein Schuhgeschäft, sondern ein Schuhmachermeister, der dort sein Handwerk verrichtete. Meine Mutter ließ dort gelegentlich ihre Schuhabsätze neu machen oder wenn irgendwas an den Schuhen kaputt war, wieder herrichten. In dem kleinen Geschäft standen altertümliche Maschinen, die an Zeiten erinnerten, wo das Schuhmacherhandwerk noch eine echte Profession war und man sich ein paar maßgefertigte Schuhe anfertigen ließ. Es roch nach Leder und Schuhcreme; man spürte die Geschichte, die mit diesem Geschäft verbunden war. Wir kauften dort häufiger Schuhe. Doch dieses Kapitel der Harsewinkler Handwerkszunft ist längst Vergangenheit. Vor vielen Jahren schloss auch der letzte Schuhmacher seinen Laden.

Ihr seht, liebe Leser, dass ich immer motivierter werde, die Erinnerungen an all die kleinen Geschäfte, die es in meiner Kindheit gab, wieder ans Tageslicht zu befördern. Mit der Erinnerung geht es mir wie mit den Sternen am Himmel: Wenn man sie nachts sehen kann, fällt einem auf, dass manche heller leuchten als andere. Einige blitzen kurz auf und verschwinden dann für immer. Manchmal rast plötzlich eine Sternschnuppe am Himmel vorbei und verglüht. Für manchen mag dies unbedeutend erscheinen, aber mir bedeutet es etwas – warum, kann ich nicht sagen, es ist einfach so.

Mir geht es darum, ein Stück Lebensgeschichte, meine Lebensgeschichte in der ostwestfälischen Provinz namens Harsewinkel und die damit verbundenen Ereignisse aufzuschreiben und für zukünftige Generationen zur Verfügung zu stellen. Sicher, es gibt die Stadtchronik, die vieles festhält, die Gebräuche und Feste, Ereignisse und Situationen oder auch die politische und wirtschaftliche Entwicklung dokumentiert. Dies ist die eine Seite dieser Stadt. Die andere Seite aber sind die Menschen und ihre Wünsche und Träume, die Situationen und Eigenarten – Dinge, die kein Stadtchronist wiedergeben kann.

In meiner Jugend waren Jeanshosen angesagt, besonders die von Levis oder Wrangler. Wer als Jugendlicher etwas auf sich hielt und Teil einer weltweiten Gemeinschaft sein wollte, besorgte sich so ein unverwüstliches Teil aus amerikanischer Produktion. Ursprünglich waren Jeanshosen als Arbeitskleidung für amerikanische Baumwollpflücker angefertigt worden, aber irgendwie entdeckten auch andere Menschen die Vorzüge einer solchen Hose aus Baumwolle.

In Frieses Jeansshop gab es solche Teile zu kaufen. Ursprünglich war dieser Laden eine Schneiderwerkstatt, wo man seine Kleidung ändern lassen konnte, aber man ging mit der Zeit. Wer den Laden betrat, sah meist ein Bügelbrett in der Mitte des Raumes stehen. Das Bügeleisen daneben signalisierte uns, dass hier noch Hemden und Röcke geglättet und gebügelt wurden.

Die Attraktion von Frieses Jeansshop waren hautenge, schwarzweiße Streifenjeans, die ständig ausverkauft waren. Außerdem gab es dort weiße Latzhosen zu kaufen, eigentlich Arbeitskleidung für Maler oder Raumpfleger, so eine Art Hosenanzug für Männer mit Brusttasche, der aber auch Jugendliche ansprach, weil er irgendwie cool wirkte und man viele Sachen in den großen Taschen verstauen konnte.

Jonas arbeitete in einem kleinen Kiosk direkt am Markt, gleich gegenüber vom Gasthof Wilhelm, und verkaufte dort Zeitschriften, Comics und auch Pornohefte. Letztere wurden in den siebziger Jahren sehr diskret angeboten. Manchmal zeigte er uns seinen geheimen Karton mit den nackten Tatsachen. Er war ein netter Kerl und sah aus, wie ein Hippie der siebziger Jahre eben aussah: mit langen Haaren, langem Bart und einem freundlichen Lächeln.

Jonas kaufte auch Comic-Hefte an, Donald Duck, Micky Maus oder Superman. Wenn sie noch gut in Schuss waren, gab es ordentlich Geld dafür. Bei Jonas waren die Preise korrekt, und so lieferten wir ihm gute Ware. Was er damit gemacht hat, weiß ich nicht. Der Kiosk existiert schon lange nicht mehr, aber das Fundament, auf dem er stand, ist heute noch immer zu sehen.

Im Schatten des Konzerns Claas, fast direkt an der Münsterstraße, gleich gegenüber der Realschule der Stadt, steht ein für mich besonders erinnerungswürdiges Objekt: eine in die Jahre gekommene Bretterbude, die, wenn sie sprechen könnte, sicherlich viel zu erzählen hätte. Die meisten Einwohner dieser Stadt kennen sie, und fast jeder war schon einmal drinnen. Wovon ich spreche, ist ein Imbiss, der schon seit Jahrzehnten einen Aspekt der Harsewinkler Esskultur repräsentiert.

Als wir Mitte der sechziger Jahre hierherzogen, gab es ihn schon und heute gibt es ihn immer noch. Dieser Imbiss hat offensichtlich jede wirtschaftliche Krise und jede Veränderung der Essgewohnheiten mühelos überstanden. Die Currywurst und die dazugehörigen Pommes mit Mayonnaise sind nach wie vor in und gehören zur

Esskultur der Stadt wie der Spökenkieker zum Rathaus.

Ich bin im Frühjahr dort eingekehrt und wisst ihr, was ich bestellt habe? Natürlich: eine Currywurst mit Pommes. Ich sage euch, es war köstlich! Dazu gab es eine Coca-Cola-Flasche mit dem original kursiven Schriftzug aus den sechziger Jahren. Die BILD-Zeitung gibt es hier übrigens umsonst zum Lesen.

Die aus Korfu stammenden Imbissbetreiber servieren hier mittlerweile seit über 35 Jahren griechische Spezialitäten ebenso wie deutsche Nationalgerichte wie Currywurst und Schnitzel. Ihr Sohn soll den Fortbestand des Imbisses für zukünftige Generationen sichern. Ich schätze mal, dass dieser Schnellimbiss seit mehr als fünfzig Jahren betrieben wird, trotz der Invasion von McDonalds', Burger King und Dönerbuden.

Jedes Mal, wenn ich nach Harsewinkel komme, kehre ich dort ein und kann mich beim Essen in die Atmosphäre vergangener Zeiten zurückversetzen lassen. Also, Leute, wenn ihr euch einmal in die Stadt verirrt und Hunger bekommt: Der kleine grüne Bretterverschlag direkt gegenüber der Realschule kann euch ein unvergessliches Vergnügen bereiten. Mahlzeit!

Imbiss Kauling an der Ravensberger Straße ist eine historisch gewachsene Institution. Seit 45

Jahren werden hier Brat- und Currywürste, Frikadellen, Schnitzel und Pommes verkauft. Bei einem meiner letzten Besuche in Harsewinkel gelüstete es mich nach Currywurst mit Pommes, und ich brauchte nicht lange zu überlegen, wo ich einkehren würde: ein kleiner, unscheinbarer Laden; wer ihn nicht kennt, wird ihn wahrscheinlich übersehen.

Natürlich ging ich nicht ohne Grund in diesen Imbiss (der Hunger war eher ein vorgeschobener): Ich wollte einfach für dieses Buch recherchieren, und so kam mir die Idee mit dem Besuch. Das erwies sich als besonders nützlich für mich. Denn als ich der Wurstverkäuferin erzählte, dass ich den Imbiss schon von Beginn an kenne, kamen wir ins Reden und ich war überrascht, wie gut sie sich an frühere Zeiten erinnern konnte: Von unserem Grundschuldirektor wusste sie sogar noch den Namen; auch kannte sie die Straße, in der wir damals wohnten, und sonstige Anekdoten, die wir als Kinder erlebten. Und als ich so aß und sie mich beiläufig fragte: „Na, schmeckt's noch wie früher?", fühlte ich mich plötzlich wieder wie ein kleiner Junge, der gleich um die Ecke wohnt und sein Taschengeld für Currywurst mit Pommes ausgibt.

Nach und nach kamen noch andere Leute in den Imbiss. Als sie hörten, worüber die Betreiberin und ich uns unterhielten, steuerten auch sie plötzlich Beiträge aus der Vergangenheit bei. Es war so, als ob sie sich alle gern an die Anfangszeiten der Imbisskultur in Harsewinkel erinnerten. Übrigens war die Currywurst ausgezeichnet und als ich die Verkäuferin für die selbstgemachte Soße lobte, ging ein strahlendes Lächeln über ihr Gesicht.

Und es gab noch den Heidegrill am anderen Ende der Stadt, ein recht großer Imbiss, wo man, wie in einem Restaurant, drinnen sitzen konnte. Hier gab es unter anderem Schaschlik, einen Spieß mit Schweinefleisch, Zwiebeln und Paprika, der mit einer feurig-scharfen Soße serviert wurde. Pommes passten am besten dazu.

Feurige Soßen waren in den Siebzigern sehr angesagt. Meist wurden sie zu Schnitzeln oder Koteletts serviert. Diese Soßen sind auch unter dem Namen Zigeunersoße bekannt. Im Heidegrill gab es Zigeunerschnitzel, Zigeunerwurst und besagtes Schaschlik mit Zigeunersoße.

Heute gibt es Probleme mit diesem Namen, weil „Zigeuner" eigentlich ein abwertender Begriff für eine soziale Minderheit ist, die Unterdrückung und Verfolgung erleiden mussten. Wie sie wirklich waren, woher sie kamen und was sie antrieb, wusste niemand. Geschichtsbewusstsein oder gar ein echtes Interesse an der Kultur dieses fahrenden Volkes zeigte niemand. Uns Kindern wurde beigebracht, dass Zigeuner ein unstetes Leben führen und immer umherziehen.

Man sah sie bei uns im Dorf manchmal auf einem großen Platz campieren; nach ein paar Tagen zogen sie dann weiter. Wir Kinder beobachteten sie immer aus der Distanz. Zu ihnen zu gehen und mit ihnen zu reden trauten wir uns nicht, aus welchem Grund auch immer. Wir gingen nicht zu ihnen und sie gingen nicht zu uns. Ich denke, dass es heute noch immer so ist: Wir leben in eigenen Welten und verstehen die andere nicht einmal ansatzweise.

Eindrucksvoll thematisiert wird das „Zigeunerleben" in dem Film *Die große Flatter* nach dem gleichnamigen Roman von Leonie Ossowski. Er erzählt die Geschichte von Ricky und Schocker, zwei Jugendlichen, die in einer Obdachlosenwohnung am Stadtrand von Berlin leben.

Im Heidegrill gab es auch gegrillte Hähnchen. Sie drehten sich im Schaufenstergrill auf großen Spießen und warteten darauf, verzehrt zu werden. Mittags schmeckten sie noch prima, aber wenn man spätabends noch so ein Teil haben wollte, lag es meist verschrumpelt auf dem Boden des schon erkalteten Grills. Dann warf der Grillchef den halben Hahn in die Fritteuse und briet ihn bis zur Unkenntlichkeit. Das war kein Geschmackserlebnis mehr, und nach dem Verzehr eines solchen Teils wusste jeder, was der Begriff „Gummi-adler" bedeutet.

Ich habe jetzt ausführlich über die Imbissbuden in Harsewinkel berichtet, und ihr habt nun sicherlich einen guten Überblick über diesen Aspekt ostwestfälischer Esskultur.

Es gibt noch einen anderen Wirtschaftszweig, der Erwähnung verdient: Das ist die Trinkkultur in Ostwestfalen. In meiner Kindheit und Jugend war der Jugendschutz kein Thema. Man trank als Jugendlicher bei Freunden zu Hause oder auf Festen und in Gasthäusern. Die Gaststätten meiner Jugend unterschieden sich von den heutigen in mehrerer Hinsicht: Damals gab es deutlich mehr Besucher als heute und es wurde auch mehr getrunken. Die Öffnungszeiten hingen von der Trinklust der Besucher ab. Kein Gastwirt sperrte einfach zu, sondern richtete sich nach dem zu erwartenden Umsatz. Ein Rauchverbot wie heute gab es nicht. Wen man seine Zeche nicht zahlen konnte, musste man nicht erst noch irgendwo Bares organisieren, sondern konnte anschreiben lassen und bezahlte bei nächster Gelegenheit.

Die Gaststätte Falke ist ein Aushängeschild für die gutbürgerliche und moderne Küche zu fairen Preisen. Sie wird mittlerweile in der zweiten Generation betrieben. In den siebziger Jahren ging man dorthin, um ein gepflegtes Bierchen oder auch zwei zu trinken. Zum Stammpublikum gehörten neben dem Arminia-Fanclub auch jede Menge Tommys, die in der angrenzenden Hochhaussiedlung für Royal-Air-Force-Mitarbeiter des Gütersloher Militärflughafens untergebracht waren. Wenn wir schon lautstark von draußen hörten: „Hans, eine Große!", dann wussten wir, sie sind da.

Hans war der Chef des Zapfhahns, und seine Frau Waltraud war meistens in der Küche anzutreffen. Auch ihre Tochter, die mit Spitznamen Kiki hieß, war am Wochenende oft in der Nähe – ein wunderschönes Mädchen mit langen, dunkelblonden Haaren und einem Lächeln, das einem durch Mark und Bein ging. Damals war ich zu jung, meist zu betrunken oder auch einfach nur zu blöd, um diesem zarten Geschöpf zu gestehen, wie sehr ich auf sie stand. Aber wie das so ist im Leben: Es nützt nichts, unerfüllten Wünschen und Träumen nachzutrauern, sondern wir sollten froh und dankbar dafür sein, dass wir sie hatten.

Mit den Engländern freundeten wir uns schnell an. Männer sind da einfach strukturiert: Man trinkt etwas miteinander, wird locker und umarmt sich beim Abschied. Ich kann mich nicht daran erinnern, dass es irgendwann einmal gewalttätige Auseinandersetzungen gab. Die Leute waren meist friedlich und verstanden sich recht gut miteinander.

Man trank um die Wette: Zwei Kontrahenten tranken ihr großes Bier, und wenn einer fertig war, mussten beide das Bierglas umgekehrt auf den Kopf stellen – Pech für denjenigen, der zu langsam war.

Ein weiteres Ritual war das Stiefeltrinken, das meist am Sonntagvormittag stattfand. Wer es schaffte, halbwegs nüchtern aus dem Bett zu kriechen, und bei dem der Gedanke an Bier keinen Brechreiz auslöste, der ging nach dem Frühstück zu Falke. Dort saßen sie dann meist schon: die trinkfesten Teutonen und Engländer, meist noch besoffen vom Vortag.

Das Stiefeltrinken verlangt kognitive Fähigkeiten und Trinkfestigkeit gleichermaßen, denn der Sinn dieses Rituals ist es, viel zu trinken und nichts zu bezahlen. Ein Stiefel ist ein Glasgefäß, in den ungefähr zwei Liter Bier passen. Man beginnt irgendwo in der Runde mit dem gemeinsamen Leeren dieses Trinkgefäßes, indem man, meist im Uhrzeigersinn, reihum trinkt. Derjenige, der den letzten Rest Bier aus dem Stiefel trinkt, hat Glück, denn immer derjenige, der vor ihm trinkt, zahlt die Zeche. Man muss also einschätzen und berechnen, wie viel andere trinken, damit man nicht zum Zahlmeister der Runde wird.

Wenn du es zum Beispiel schaffst, einen Liter Bier auf einmal zu trinken, und dein Nebenmann trinkt dann auch einen Liter, bedeutet das, dass er den Stiefel leer getrunken hat und du den nächsten Stiefel zahlen musst. Einfache Rechnung, oder? Jeder zehnte Stiefel ging übrigens aufs Haus. Prost!

Mittlerweile sind viele Jahre vergangen und die Gaststätte existiert immer noch, doch das Verhältnis von Trinken und Essen scheint sich umgekehrt zu haben. Hans sitzt manchmal noch immer hinter der Theke, aber ich glaube, er hat nicht mehr so viel zu tun. Die Engländersiedlung ist längst verlassen und ihre Trinksitten vergessen. Wenn ich in der Gegend bin, gehen wir meistens zum Essen dorthin. Letztens war ich mittags mit meinem Vater dort und Kiki war auch da …

So, nun habt ihr eine Vorstellung davon, wie es in Harsewinkel mit dem Wirtschaftsleben bestellt war, als es noch keine Aldis, Lidls und Penny-Märkte in der Stadt gab. Die kleinen Geschäfte, Kioske, Imbisse und Gaststätten prägten das Stadtbild genauso wie die Mähdrescherfabrik, die entlang der Hauptstraße ihren Sitz hat. Rein optisch hat sich im Stadtkern eigentlich kaum etwas verändert; er sieht fast noch genauso aus wie vor vierzig Jahren. Sicher, die eine oder andere Änderung hat es gegeben: Es wurde eine Art Fußgängerzone eingerichtet, manche Geschäfte schlossen aus unterschiedlichen Gründen und neue Geschäfte wurden eröffnet, aber das war es auch schon. Die Stadt ist größer geworden, neue Wohnsiedlungen sind entstanden und durch den Zuzug von Russlanddeutschen kamen neue Bevölkerungsgruppen.

11. Ich habe fertig – Lebenswirklichkeiten meiner Jugend

In meiner Kindheit war die Familie das klassische Lebensmodell. Eine Familie zu gründen, Kinder zu bekommen, miteinander zu leben und bis in hohe Alter arbeiten zu gehen war eine moralische Pflicht. Der Staat propagierte dieses Familienmodell und die Kirche gab ihren Sanctus dazu. Gemeinsam erzeugte dieses System den Kleinbürger, der sich nichts sehnlicher wünscht, als diesem Ideal zu entsprechen. Der Wirtschaftsaufschwung versprach materiellen Wohlstand, man konnte konsumieren und am kulturellen Leben teilhaben. Einmal im Jahr nach Mallorca, Ibiza, Capri oder Mykonos fliegen – das war schon was; ein Drei-Sterne-Hotel mit Halbpension galt als akzeptabel. Der Urdeutsche blieb in Deutschland und fuhr in den Bayrischen Wald oder an die Nordsee. Den Rest des Jahres ging der Vater zur Arbeit und die Mutter versorgte die Kinder und den Haushalt. Gelegentlich ging man am Samstagabend oder Sonntagvormittag in die Kirche.

Als Kind erschien mir diese Lebensform als die normalste von der Welt. Morgens, schon ganz früh, ging der Vater in die Firma und etwas später wurden die Kinder von der Mutter geweckt und für die Schule fertiggemacht. Wenn die Kinder aus dem Haus waren, kümmerte sich die Mutter um die Wohnung und den Einkauf. Sie war für die Erziehung zuständig, kontrollierte die Schulaufgaben, kochte das Essen und kümmerte sich um das Abendbrot. Sie wusch die Wäsche, putzte die Wohnung und organisierte die Familienfeiern. Sie war letztendlich für das gesamte System Familie zuständig.

Der Vater war der Haushaltsvorstand. Wer das Geld anschaffte, galt als ranghöchstes Familienmitglied. Disziplin und Gehorsam gegenüber dem Vater galten als Tugend. Frauen, die sich mit diesem patriarchalischen System nicht zufrieden gaben oder sich gar widersetzten, hatten es nicht leicht; sie galten als hysterisch und widerspenstig. Selbstbewusste Frauen durfte es in der Ehe nicht geben, sie sollten zum Pascha aufblicken und ihm jeden Wunsch erfüllen. Männer waren es nicht gewohnt, partnerschaftlich und auf Augenhöhe mit ihren Frauen zu kommunizieren.

Es kam häufig vor, dass Frauen von ihren Männern beschimpft und geschlagen wurden, weil sie sich ihnen nicht fügten oder nicht das taten, was ihre Männer von ihnen verlangten. Dass eine Frau auch etwas verlangt oder gar fordert, dafür gab es kein Verständnis; sie war dazu da, dem Haushaltsvorstand den Rücken zu stärken, die Kinder zu versorgen und den Haushalt zu organisieren. Die drei K's – Kirche, Küche, Kinder – beschrieben jahrzehntelang das Frauenbild in der deutschen Gesellschaft. Wer sich anders verhielt oder sich den Tugenden deutscher Leitkultur verweigerte, war auffällig und galt entweder als Querulant, Kommunist oder psychisch krank. So einfach waren die Schubladen, in die man gesteckt wurde. Es galt, deutschen Anstand und deutsche Sitten zu bewahren. Ein deutsches Mädchen musste perfekt sein. Nur „Bauknecht weiß, was Frauen wünschen" und „Ariel wäscht nicht nur sauber, sondern rein".

Der Krieg war schon einige Jahre vorbei und die Generation meiner Eltern war froh, dass die Zeiten der Angst, des Hungers und des Verzichts endlich vorbei waren. Man war dankbar für das Leben, das man führen durfte. In einem sozial akzeptablen Rahmen konnte sich jeder und jede eine eigene kleine Welt schaffen, die auf die individuellen Bedürfnisse abgestimmt war.

Der Höhepunkt der Woche und Ausdruck urdeutscher Gemütlichkeit war das sonntägliche Mittagessen. Manchmal kochte der Vater, in der Regel war aber die Mutter dafür zuständig. Nach der Kirche gab es das Mittagessen: Rinderbrühe mit Nudeln, danach Schweinebraten mit Kartoffeln und Soße, dazu Erbsen und Möhren aus der Dose, mit einem Stück Butter veredelt oder manchmal mit Blattsalat, der in Essig, Dosenmilch und Zucker mariniert wurde. Zum Nachtisch gab es meistens Vanille- oder Schokoladenpudding, gelegentlich Wackelpudding mit Waldmeistergeschmack und Vanillesoße.

Den Nachmittag verbrachten wir Kinder meist vor dem Fernseher und schauten *Rappelkiste*, *Urmel aus dem Eis*, *Flipper*, *Fury* oder gegen Abend dann *Bonanza*, *Rauchende Colts* oder *Die Waltons*. Gelegentlich bekamen wir sonntags Besuch von Verwandten, meist Tanten und Onkels, von denen wir reichlich hatten; hinzu kamen noch zahlreiche Cousinen und Cousins. Solche Tage eigneten sich gut, um Monopoly, Canasta, Mau-Mau und sonstige Gesellschaftsspiele zu spielen. Dann wurden gewaltige Käsekuchen, Schwarzwälder Kirschtorten oder selbstgemachte Zitronen-, Nuss- und Schokoladenkuchen verdrückt. Mit Genuss vertilgten wir ein Stück nach dem anderen; etwas Süßes wurde bei uns zu Hause nicht alt.

Es war modern, gemeinsame Aktivitäten fotografisch festzuhalten. So entstanden eine Menge Fotos, die ihre letzte Ruhe in Schuhkartons oder sonstigen Behältnissen fanden: von Hochzeiten, Kommunionen, Konfirmationen, Geburtstagen und sonstigen Zusammentreffen. Man sieht Männer in dunklen Anzügen und weißen Hemden, mit und ohne Westen, manchmal mit Schlips und manchmal mit einem Taschentuch in der linken Brusttasche. Man konnte es so mit der rechten Hand herausnehmen und der Frau überreichen – man war ja Gentleman.

Die Frauen trugen meist dunkle Röcke, Nylonstrumpfhosen und bunte Stöckelschuhe. Bewaffnet waren sie mit schweren Perlenketten oder dicken Klunkern. In ihrer Handtasche horteten sie diverse Düfte (meist Proben aus der Drogerie, die es in kleinen Ampullen gab), Taschentücher, Lippenstift und Lidschatten. Auch eine Puderdose durfte nicht fehlen – herrlich, was Frauen alles darin bunkerten!

Wir Kinder begnügten uns mit weniger Aufwand, obwohl auch wir schon wie die Erwachsenen herumliefen. Jackett und Schlips waren uns ein Graus. Die Alternative war eine Fliege, so eine Art Propeller, den man sich um den Hals band. Manchmal trugen auch die Mädchen Schlips. Erst kürzlich fiel mir ein altes Foto in die Hände, auf dem meine Schwester auf einer Kommunionsfeier (sie muss da drei oder vier Jahre alt gewesen sein) zu ihrem weißen Kleid einen überdimensionalen rot-weiß gestreiften Schlips trägt.

Das widerlichste Kleidungsstück für uns Jungs war ein Rollkragenpulli aus Nylon. Wer den erfunden hat, ist wohl schlecht auf die Menschen zu sprechen gewesen. So ein Teil tragen zu müssen bedeutete die Höchststrafe: Es kratzt, ziept und macht komische Geräusche. Wie eine zweite Haut liegt es eng am Körper und quält dich den ganzen Tag. Ich hasse weiße Rollkragenpullis!

Die meisten Familienfeiern fanden zu Hause statt. Die Frauen kauften ein, kochten das Essen und servierten die Torten. Die Männer waren für die Alkoholbestände zuständig, eine in logistischer Hinsicht nicht zu unterschätzende Aufgabe, wenn man bedenkt, wie viel ein Deutscher sich so wegziehen kann.

Ich hatte einen Onkel, der meistens schon am Sonntagmittag so betrunken war, dass er vor versammelter Mannschaft sein Mittagsschläfchen hielt. Das Wort „nüchtern" kam nie über seine Lippen.

Die Männer tranken Bier und Korn, die Frauen Weißwein und Likörchen. Frauen, die Bier tranken, waren irgendwie verdächtig; Frauen, die Schnaps tranken, gingen gar nicht. Sie galten als unweiblich und irgendwie sonderbar.

Eine Frau, die es den Männern nachmachte, zeigte, dass sie keinen Wert auf Rollenunterschiede legte – eine unmissverständliche Provokation. Das deutsche Weib hatte zu gehorchen, ihren Mann zu unterstützen und für die Kinder und den Haushalt zu sorgen. Der Alte zu Hause sagte ihr, wo es langgeht und was zu tun ist.

Wenn eine Frau sich von ihrem Mann trennte, galt das in der Regel als Schande. Eine Frau hatte ihren Mann nicht zu verlassen – und wenn sie es doch tat, wurde ihr unterstellt, dass sie einen anderen Mann hatte oder es ihr nur ums Geld ging. Für die wirklichen Ursachen einer Trennung hatte man kein offenes Ohr. Es wäre undenkbar gewesen, wenn eine Frau ehrlich gewesen wäre und gesagt hätte, dass sie den Alten zu Hause nicht mehr erträgt.

Verließ der Mann hingegen seine Frau, hieß es: Die Frau taugt nichts, geht fremd, verweigert sich ihm oder was weiß ich. Der Mann war immer das Opfer. Was heute als selbstverständlich erscheint, zum Beispiel eine Trennung im beiderseitigen Einvernehmen, galt früher als Tabubruch. Eine Frau, die ging, hatte entweder einen anderen Mann, wollte nur seine Piepen oder war lesbisch geworden. Dass sie oft mit drei oder vier Kindern völlig mittellos auf der Straße stand, sah niemand oder wollte niemand sehen.

Es war auch nicht möglich, über Gefühle zu sprechen, über Lust und Frust in einer Beziehung und sich über das, was Liebe vielleicht ausmacht, klarzuwerden. Wenn einem etwas wehtat, musste man meist allein damit fertigwerden. Allein das Gefühl, dass man etwas fühlt, was wehtut, hatte etwas Quälendes. Es gab keine oder kaum Problembewältigungsstrategien, und die meisten erwiesen sich als nicht besonders wirkungsvoll.

Gefühle zeigen, Gefühle der Ohnmacht und Traurigkeit, das wurde als Schwäche ausgelegt. Wenn man traurig oder enttäuscht war, behielt man es für sich – eine grausame Welt, wenn man sich das mal genauer vor Augen führt. Es gab keine Kanäle, um seinen Frust abzubauen – es gab nichts anderes, als es über sich ergehen zu lassen und es auszuhalten. Und so wurden diese Gefühlszustände und das Nicht-reden-Können an die eigenen Kinder weitergegeben, die mit ähnlichen Problemen zu kämpfen hatten und nicht wussten, wie sie mit ihren Gefühlen umgehen sollten.

Für ein Kind ist es furchtbar, wenn es in seinen Bedürfnissen und Wünschen nicht wahrgenommen wird und erleben muss, wie seine Gefühle ignoriert werden. Bei uns zu Hause hieß es dann: „Stell dich nicht so an", „Hör jetzt auf damit" oder noch schlimmer: „Hör endlich auf zu heulen!"

Meine Eltern waren damit völlig überfordert. Sie waren nicht in der Lage, auf die Gefühle ihrer eigenen Kinder einzugehen. Sie wussten einfach nicht, was sie tun sollten. Die Abwertung unserer kindlichen Bedürfnisse war ihre Strategie, Gefühle nicht so nah an sich heranzulassen. Was für eine grausame Welt!

Meist kam es noch schlimmer: Wenn zum Beispiel ein Kind nicht aufhören konnte zu weinen, gab es eine extra Tracht Prügel auf den Allerwertesten, sozusagen als Strafe dafür, dass man traurig war. Und so erlebt ein Kind Traurigkeit als einen unerwünschten Zustand, der negative Konsequenzen nach sich zieht. Die Folgen sind gravierend: Im Erwachsenenalter können sich solche Erfahrungen in unbewussten Verhaltensmustern widerspiegeln. Gefühle werden abgewehrt, weil man sie nicht zulassen durfte. Psychologen sagen, dass diese Gefühle angstbesetzt sind, weil man nicht weiß, wie man damit umgehen soll. Man entwickelt eine Angst vor den eigenen Gefühlen und auch vor den Gefühlen anderer.

Heute hat sich da sicher einiges getan und natürlich sind die beschriebenen Ereignisse nicht generalisierbar, sondern rein subjektive Erfahrungen. Als Kind dachte ich immer, nur mir passiert so etwas und nur ich werde so behandelt. Bei anderen sah ich diese Muster nie oder nur selten. Erst nach vielen Jahren, nach der Lektüre vieler Bücher und dem Austausch mit unterschiedlichen Menschen, konnte ich mich öffnen und mit anderen Menschen über diese Erfahrungen sprechen. Dabei merkte ich, dass ich nicht allein bin mit meinen Erfahrungen. Von fast jedem Menschen, dem ich mich anvertraute, hörte ich Ähnliches:

Auch sie konnten selten über das sprechen, was sie eigentlich am meisten berührt.

Mittlerweile haben wir dazugelernt. Heute trauen wir uns, auf unsere Gefühle zu hören und sie als Teil unseres Selbst zu verstehen. Gefühle wollen uns etwas sagen, sie sind die Seismographen unserer inneren Wahrnehmung: „There must be some way that I can lose these lonesome blues" (Neil Young).

Manchmal rufen sie noch, die Dämonen der Vergangenheit. Unangemeldet klopfen sie an und begehren Einlass. Ich öffne die Tür und bin noch heute überwältigt von ihrer unbändigen Kraft, Intensität und Stärke. Sie erinnern mich an Zeiten, in denen mich die eigenen Gefühle verwirrten und ich nicht wusste, warum und woher sie kamen.

Wie viele Kinder meiner Generation musste ich erleben, dass es nicht zu den vorrangigen Aufgaben der Eltern gehörte, Kinder zu trösten oder ihnen gegenüber auch nur ansatzweise Verständnis entgegenzubringen. Empathie war für sie ein Fremdwort. Ein Kind benötigt nicht viel Worte, manchmal möchte es einfach nur in den Arm genommen werden. Bei mir dominierten Gefühle von Ohnmacht, Wut und Verzweiflung, wenn es einen auf den Hintern gab. Es war ein weit verbreitetes Erziehungsmittel, Kinder auf den Hintern zu hauen, entweder mit der flachen Hand, mit dem Holzlöffel oder dem Teppichklopfer.

Wenn Kinder weinen, dann gibt es dafür einen Grund: Frust, Wut oder einfach, weil sie mit einer Situation nicht fertig werden. Anstatt sie in einer solchen Situation in den Arm zu nehmen und ihnen zu zeigen, dass es völlig in Ordnung ist, so zu sein, passierte genau das Gegenteil. Die heile Welt gab es nur in den Heimatfilmen der Nachkriegsära, projektive Wunschbilder deutscher Sehnsüchte. Was man selbst nicht bieten konnte, gab es in den heilen Welten Hollywoods: großartig inszeniert mit Starbesetzung, aber eben völlig neben der Spur.

Die deutsche Wochenschau wurde durch kitschige und biedere Zelluloidstreifen abgelöst. Vom Krieg wollte man nichts mehr wissen und schon gar nicht darüber sprechen. In der Flimmerkiste fanden sie Glück, das als erstrebenswert galt: Familienglück im selbstgebauten Eigenheim, Vater liest am Sonntagvormittag die Zeitung, während Mutter das Mittagessen vorbereitet, die Kinder sind brav und artig, gemütlicher Sonntagsspaziergang am Nachmittag in feinem Gewand usw. Die Regeln wurden akzeptiert und selten hinterfragt.

Die Realität: Vater die Woche über auf Schicht und am Wochenende auf die Mutti. Die Kinder in der Schule, sie dürfen den Vater am Wochenende nicht stören, die Sportschau ist ihm heilig und sein Revier ist die Wohnzimmercouch. Haushalt ist Frauensache, Schule ist Frauensache, Erziehung ist Frauensache, Probleme sind Frauensache, wie übrigens das meiste Frauensache war, was sich in den Familien abspielte. Gut, das ist etwas vereinfacht ausgedrückt, aber im Wesentlichen trifft es den Kern der Sache.

Die heile bzw. interessantere und spannendere Welt suchten wir Kinder in den Abenteuerromanen von Karl May und Daniel Defoe oder in Westernfilmen mit John Wayne. Da ging es um Freundschaft und Blutsbrüderschaft, um Ehre und Gerechtigkeit, um das Bestehen von Prüfungen zur Rettung des eigenen Lebens und der Leben anderer; es ging um Leben und Tod, um Selbstachtung und Mut. Die Helden, zu denen wir aufblickten, gaben uns für kurze Zeit das Gefühl, etwas Besonderes zu sein. Wir konnten dem realen Leben eine Weile entfliehen.

Die Pädagogik der späten sechziger und siebziger Jahre zog an unserer Stadt vorbei und fand überwiegend in deutschen Großstädten statt. Konkrete Sozialarbeit war Teil des öffentlichen Fernsehens. Es gab drei Fernsehprogramme – unvorstellbar für eine Generation, die mit Kabelfernsehen, Internet und Handys aufwächst, aber so war es.

Ich erinnere mich an Kindersendungen, die wohl fast jedes Kind meiner Generation sah: die Augsburger Puppenkiste mit *Urmel aus dem Eis* oder *Jim Knopf und die wilde 13*, an Wickie und die starken Männer, die Biene Maja, das feuerrote Spielmobil, Sesamstraße mit Ernie und Bert und dem Krümelmonster, das am liebsten Kekse aß, oder die Rappelkiste, nicht zu vergessen die amerikanischen Serien wie *Unsere kleine Farm* oder *Die Waltons*.

Diese Kindersendungen vermittelten eine Welt, wie wir sie uns als Kinder wünschten: hell, bunt, spannend, aufregend und liebevoll. Wer hätte nicht gern einen Bruder wie den Bastian gehabt, ein ewiger Student, den alle mochten, weil er sympathisch, nett und hilfsbreit war. Er verkörperte das Lebensgefühl der siebziger Jahre in all seinen Facetten. Bastian (gespielt von Horst Janson) ist nicht faul, sondern ein Lebenskünstler, der das bürgerliche System von Ordnung und preußischer Arbeitsethik durchschaut hat. Entsprechend bunt gestaltet er sein Leben und ist offen für die Abenteuer, die auf ihm zukommen. Gewalt gab es so gut wie nie zu sehen. In den Kultserien der siebziger Jahre – *Daktari*, *Bonanza*, *Rauchende Colts*, *Raumschiff Enterprise* oder *Die Straßen von San*

Francisco – ging es meistens darum, möglicher Gewalt Herr zu werden und deeskalierend zu agieren.

Wir verbrachten viel Zeit vor dem Fernseher. Fernsehen war auch kollektives Erlebnis. Die Hitparade mit Thomas Heck war ein Muss für jede Familie. Gemeinsam saßen wir im überfüllten Wohnzimmer und warteten jeden Samstagabend auf den frisch frisierten Dieter Thomas Heck, der ab 1969 jeden Samstag die Zuschauer aus dem ZDF-Studio in Berlin begrüßte. Das Konzept war klar und einfach: Es handelte sich um einen Schlagerwettbewerb, wo die Zuschauer via Telefon für ihren Favoriten stimmten. Wer die meisten Stimmen bekam, durfte am Ende der Sendung noch mal singen und kam in die nächste Sendung. Gegen Ende eines Songs wurde noch die Autogrammadresse eingeblendet. Die Hitparaden-Kulisse war sehr zeitgemäß, weil die Zuschauertribüne nahe der Bühne platziert wurde und somit eine Nähe zum Interpreten geschaffen wurde.

Der Schlager ist ein Phänomen, das sich über viele Jahre erhalten hat – er ist einfach nicht totzukriegen. Er wird immer wieder neu aufgelegt und begeistert Alt und Jung. In meiner Jugend waren es Roy Black, Rex Gildo, Gitte, Mary Roos, Vicky Leandros, Marianne Rosenberg, Bernd Glüver, Tony Marshall, Christian Anders, Freddy

Quinn, Ireen Sheer, Frank Zander, Boney M. oder die Les Humphries Singers, die ständig zu Gast in der ZDF-Hitparade waren.

Auch wenn ich sicher einige Namen vergessen habe, ist es doch erstaunlich, an wie viele man sich vierzig Jahre später noch erinnern kann. Interessant ist auch, dass noch im Jahr 2015 viele dieser Sängerinnen und Sänger so stark in den Medien präsent sind.

Ich konnte dem deutschen Schlager nie so viel abgewinnen, aber als kollektives Hörerlebnis zu Hause bei uns war es immer ein schönes Erlebnis, an das ich mich gern erinnere. Ich hörte und sah am liebsten Marianne Rosenberg, für mich damals das hübscheste Mädchen auf dem Planeten. Meist sah man sie im Fernsehen in einem langen, engen Kleid – schwarze Haare, dunkle Augen, irgendwie makellos, und ihre Stimme klang noch Stunden später in deinem Ohr. Alle waren wir in sie verliebt, für einen Kuss von ihr wären wir zu allem bereit gewesen. Dass sie einen jüdischen Namen trug, war mir als Kind nicht bewusst. Ich wusste zu dieser Zeit nichts vom Krieg und dem Schicksal der Juden, das kam erst viel später.

Hans Rosenthal war der Erfinder und Moderator der Rateshow *Dalli Dalli*. Acht Prominente traten in Zweierteams gegeneinander an und mussten Begriffe assoziativ und zur Frage passend erraten. Die Stärke der Sendung war sicher der charismatische Charakter Rosenthals, der immer bestens gelaunt durch die Sendung führte. Revolutionär war sein „Das war Spitze"-Sprung und dessen anschließende Wiederholung in Zeitlupe – damals eine technische Meisterleistung.

Der Lieblingsmoderator der meisten Deutschen war Rudi Carrell. Mit seinem sympathischen holländischen Akzent und seinem Charme wurde Carrell das Flaggschiff der deutschen Fernsehunterhaltung. Er konnte singen, moderieren und die Massen bei Laune halten. In seinen Sendungen wurde es selten langweilig. Seine Samstagabendshow *Am laufenden Band* war eine der populärsten Sendungen der siebziger Jahre. Der Gewinner der Sendung durfte in einem Korbstuhl Platz nehmen und musste sich die Gegenstände merken, die auf einem Fließband an ihm vorbeizogen. Anschließend hatte er dreißig Sekunden Zeit, die gemerkten Gegenstände aufzuzählen. Carrell ließ sich immer wieder etwas Neues einfallen und manchmal war auf den ersten Blick nicht ersichtlich, um was für einen Preis es sich handelte.

Zum Schluss möchte ich noch eine Sendung erwähnen, die viele Jahre das deutsche Fernsehen dominierte. In ihr ging es um das reale Leben und damit verbundene Schicksale. Die Sendung hieß

Aktenzeichen XY ungelöst und lief ab 1967 im ZDF. Moderiert wurde sie von Eduard Zimmerman. Ziel der Sendung war es, mit Hilfe von Zuschauerhinweisen Verbrechen aufzuklären: So wurden aktuelle Kriminalfälle vorgestellt und die Zuschauer gebeten, im Studio anzurufen, sofern sie sachkundige Hinweise geben konnten.

Interessant an *Aktenzeichen XY* war die internationale Zusammenarbeit mit Österreich und der Schweiz. So wurden in der Sendung Liveschaltungen nach Wien und Zürich hergestellt und die Zuschauer konnten mögliche internationale Fahndungsergebnisse live mitverfolgen. Eduard Zimmermann moderierte die Sendung bis 1997.

Das Fernsehen veränderte den Alltag der Deutschen. Das Leben fand immer mehr in den eigenen vier Wänden statt. Dadurch veränderte sich auch das soziale Miteinander. Wir brauchten nicht mehr die Nachbarn fragen, ob wir bei ihnen fernsehen durften. Und die Männer mussten nicht mehr in die Kneipe gehen, um ein Fußballspiel zu sehen. Die Informationsvermittlung fand von nun an zu Hause statt.

So wie heutzutage das Internet das Leben der Menschen auf vielfältige Weise verändert, veränderte das Fernsehen der sechziger Jahre das Verhalten der Menschen. Die Welt wurde größer, bunter und vielseitiger. Plötzlich konnte man Nachrichten aus aller Welt hören oder live an Bundestagsdebatten teilnehmen. Das Kino kam direkt zu uns ins Wohnzimmer, amerikanische Spielfilme und Serien sowie spannende Reportagen und Diskussionen. Wer sich informieren wollte, brauchte nicht mehr mit Menschen aus der Umgebung zu sprechen. Wer mitreden wollte, schaltete einfach die Glotze an. Und Fernsehen war natürlich auch Konsum; es gab nichts Schöneres, als nach dem samstäglichen *Wort zum Sonntag* noch einen spannenden Spielfilm zu sehen.

Ich merke, ich komme ein wenig vom Thema ab, denn ich wollte ja über das Familienleben in den sechziger und siebziger Jahren schreiben. Aber das Fernsehen gehörte auch dazu und trug nicht unwesentlich zur Geschmacks- und Meinungsbildung bei.

Die Fernsehwerbung hatte eine enorme Wirkung auf das Kaufverhalten der Menschen. Revolution ist möglich, wenn man die Massenmedien beherrscht, so ein Lehrsatz der Soziologie aus dem ersten Semester. Werbung beeinflusst die Menschen; sie sagt, was für uns gut ist. Typische Werbeslogans dieser Zeit waren: „Persil. Da weiß man, was man hat"; „Ariel wäscht nicht sauber, sondern rein"; „Pack den Tiger in den Tank" (Esso); „Haribo macht Kinder froh und Erwachsene ebenso"; „Mars bringt verbrauchte Energie sofort zurück"; „AEG: Aus Erfahrung Gut"; „Bauknecht weiß, was Frauen wünschen"; „Drei Dinge braucht der Mann: Feuer, Pfeife, Stanwell; „Hoffentlich Allianz versichert"; „Ja, das macht das Essen fein, Maggi-Würze muss hinein" oder „mit Maggi macht das Kochen Spaß"; „Nichts geht über Bärenmarke – Bärenmarke zum Kaffee"; „Ritter Sport: quadratisch, praktisch, gut"; „viele viele bunte Smarties", „Ado Gardinen – die mit der Goldkante" oder „Ado – es lohnt sich".

Es ist erstaunlich, wie viele Werbeslogans einem in dem Sinn kommen, wenn man erst einmal anfängt, über sie nachzudenken. Die Nachhaltigkeit und Einprägsamkeit solcher Sprüche verdanken wir intelligenten Marketingstrategen, die bewusst ihre Produkte mit einem bestimmten Lebensgefühl verbanden. Und auch diejenigen, die es sich nicht leisten konnten, solche Produkte zu kaufen, wussten, dass es Ideale sind, die es zu verwirklichen gilt. Ich möchte es nicht verallgemeinern, aber ich denke, dass Werbung nur einen Zweck hat: Sie wirkt.

In meiner Kindheit gab es zwei große Volksparteien: SPD und CDU/CSU. Die FDP war eher unbekannt. Willi Brandt war von 1969 bis 1974 Bundeskanzler der Bundesrepublik Deutschland und wurde dann vom Parteigenossen Helmut Schmidt abgelöst.

Meine Eltern wählten SPD – warum, weiß ich nicht; ich vermute, dass sie ihren Interessen näher stand als die bürgerlichen Parteien. Die SPD stand für die arbeitende Klasse, eine typische Arbeiterpartei. Sie bot dem kleinen Mann, dem Malocher und dem Bergmann aus dem Ruhrgebiet eine politische Heimat. Die Gewerkschaften, allen voran die damalige IG Metall, bildeten sowohl die Basis als auch das Sprachrohr für die Interessen von Millionen von Menschen. Es galt nicht unbedingt als Privileg, Arbeiter zu sein – sein Schicksal kann man sich nicht immer aussuchen –, aber durch den Zusammenschluss großer Massen von Menschen entwickelte sich so etwas wie ein kollektives Bewusstsein.

Ich kann mich noch an einen Slogan der Gewerkschaft erinnern: „Ein Streichholz kann man brechen, zwanzig nicht!" Oder: „Mann der Arbeit, aufgewacht! Und erkenne deine Macht! Alle Räder stehen still. Wenn dein starker Arm es will."

Ende der sechziger Jahre war das Leben politischer als heute, die Gegensätze offensichtlicher. Die Menschen wählten Rot oder Schwarz, tranken Bier oder Wein, je nach poltischer Couleur. Diejenigen, die nicht auf Willi Brandt standen, sondern in ihm einen Wegbereiter des Kommunismus sahen, wählten die bürgerliche Mitte.

Ein entfernter Onkel von mir stand auf Rainer Barzel und wählte immer die CDU. Er fürchtete sich vor Kommunisten und sonstigen, ihm fremdartig erscheinenden Menschen. Am schlimmsten war für ihn die Vorstellung, „dass dann noch der Neger kommt" (das ist noch diskret ausgedrückt). Sein geistiges und politisches Outing inszenierte er jeden Sonntagnachmittag bei sich zu Hause. Nach dem Essen kam meist Besuch von Verwandten. Bei Kaffee und Kuchen und ordentlich Wein und Bier wurde die urdeutsche Gemütlichkeit zelebriert. Man schätzte damals noch den diskreten Suff. Wenn ich ihn dann reden hörte, war klar, welch Geistes Kind er war. Zucht und Ordnung war seine Devise. Woher seine Dogmen und wie aus der Pistole geschossenen Leitsätze kamen, war unschwer zu erraten. Den Führer erwähnte er nie, aber dass er von ihm weltanschaulich beeinflusst war, war unüberhörbar.

Ich war dankbar, dass ich kein Türke, Russe, Franzose oder Afrikaner war, denn diese Nationalitäten konnte er nicht ausstehen. Vor allem die Afrikaner hätten mit ihm keine Freude gehabt. Für ihn waren das alles Drogenhändler und Verbrecher, vor denen man die Bevölkerung schützen musste. An jeder Ecke vermutete er subversive

Elemente, die bei beginnender Abenddämmerung auf der Lauer lagen und seine Brieftasche stehlen wollten.

In seiner Gegenwart hatte ich oft den Eindruck, dass er an fremden Nationalitäten seine eigene Entfremdungsproblematik abarbeitete. Er kam auch aus dem Osten, genauer gesagt aus Stettin, was bekanntlich im heutigen Polen liegt und einmal deutsches Staatsgebiet war. Er hatte seine Heimat verloren; sie existierte für ihn nicht mehr. Vielleicht ist das eine Erklärung für seine geistigen Ausflüge und Abwehrhaltung gegenüber anderen Nationalitäten.

Wie gesagt, sonntags war immer der Showdown; da hieß es für ihn, die Hosen runterzulassen. Leicht angesäuselt wurde mir dann die Welt erklärt und das, was passiert, „wenn der Neger kommt": Dann besteht die Welt nur noch aus bösen Menschen, die nichts anderes im Sinn haben, als sich auf Kosten der Allgemeinheit zu bereichern.

Für meinen Onkel galt es, Grenzen zu schaffen und zu bewahren, anstatt sie zu überschreiten. In den Diskussionsrunden am Sonntagnachmittag hörten die Frauen meist zu; über Politik äußerten sie sich nicht. Sie dachten sich vermutlich ihren Teil und waren sicher nicht mit dieser Deutschtümelei einverstanden. Sie waren es, die während des Krieges auf ihre Männer warten mussten – der eine in russischer Kriegsgefangenschaft und der andere im Lazarett. Sie kannten die Nöte ihrer Ehemänner, die ausgehungert und desillusioniert nach Hause kamen. Sie wussten um die Sinnlosigkeit des Krieges. Ihr geliebter Führer hatte sich umgebracht und sich somit der Verantwortung für die von ihm angezettelten Verbrechen entzogen. Der Endsieg – was für eine verrückte Illusion, und zu welchem Preis!

Diese Generation wusste, dass das Grauen des Krieges durch nichts zu rechtfertigen war – und man schwieg, wollte sich nicht mehr mit dem Thema auseinandersetzen geschweige denn verstehen, was da eigentlich vor sich gegangen ist. Man zog es vor, zu schweigen und Gras über die Sache wachsen zu lassen. Aber das schlechte Gewissen kann man nicht zähmen, es kommt, wann es will. Man spürte die Nachwehen des verlorenen Krieges, eines zerstörten Deutschlands, die Folgen kollektiven Massenmordes, obwohl jeder so tat, als hätte er damit nichts zu tun gehabt. Niemand sagte: „Das war Unrecht", niemand fühlte sich verantwortlich.

Als Jugendlicher nannte ich diese Generation eine Generation des Schweigens, denn selten sprach einmal einer von ihnen über seine Erfahrungen während der NS-Diktatur. Sie wollten nicht sprechen, schon gar nicht mit den eigenen Kindern. Ihre Erfahrungen und das, was sie gesehen hatten, schlossen sie tief in ihrem Herzen ein und gaben niemandem den Schlüssel dafür. Ihre Wut und Trauer über das, was geschehen war, konnten sie nur durch das Ausblenden ihrer Erlebnisse und durch Projektionen kompensieren. Für den Zustand der Welt, die sie nach dem Krieg vorfanden, fühlten sie sich nicht verantwortlich; es wurde ihnen ja von höherer Macht befohlen, sie sahen sich als Opfer des Krieges. Auch sie mussten Entbehrungen auf sich nehmen, hatten nichts zu essen („nüscht zu fressen auf Deutsch jesagt", wie mein Patenonkel zu sagen pflegte) und mussten zusehen, wie einige ihrer Kameraden vor die Hunde gingen.

Als junger Mensch habe ich mich oft gefragt, ob und wie man solche Erlebnisse überhaupt verarbeiten kann, denn sie müssen grauenhaft gewesen sein.

Wie gesagt, es wurde geschwiegen und verdrängt, oder aber man redete alles schön und legte sich die Vergangenheit so zurecht, dass sie halbwegs erträglich war. Aber wie man es auch drehte und wendete, wie sehr man sich Mühe gab, alles in einem anderen Licht erscheinen zu lassen, und so sehr man sich auch bemühte, für diesen Wahnsinn irgendeine akzeptable Begründung zu finden –

letztendlich wusste jeder, dass das Schweigen über das Geschehene nichts anderes war als ein Ausdruck von Fassungslosigkeit, für die es keine Worte gab.

Meine Mutter war in dieser Hinsicht etwas offener als ihre drei älteren Geschwister. Sie erlebte den Krieg als kleines Mädchen. Als der Krieg zu Ende ging, war sie acht oder neun. Sie erzählte uns, dass mein Opa in Kriegsgefangenschaft gewesen war und eines Tages plötzlich wieder vor der Haustür stand, völlig entkräftet und aushungert. Was er erlebt hatte, erzählte sie nicht. Wie ein hungriges Tier verschlang er die Bratkartoffeln meiner Oma.

Meinen Opa mütterlicherseits lernte ich nie kennen, er starb im Jahr meiner Geburt bei einem Unfall. Er arbeitete eine Weile als Lagerarbeiter am Militärflughafen in Paderborn. Über seine politische Gesinnung weiß ich nichts. Mein Onkel (also der Sohn meines Opas) war so freundlich, mir die von ihm gesammelten Unterlagen zur Verfügung zu stellen. Sein Parteibuch verriet, dass er eine Zeit lang Mitglied der NSDAP gewesen war; allerdings fehlen nach und nach die Jahresmarken. Offenbar war er eingetreten und hatte sich dann nicht mehr um die Belange der Partei gekümmert. Durch das Parteibuch erhielt er einen Job am Flughafen; den dafür notwendigen Arierausweis reichte er bei der Fliegerhorstkommandatur Paderborn ein.

Wie denke ich heute über meinen Opa, den ich nie kennenlernen durfte? Es ist schwierig über Menschen zu schreiben, die ich nicht kenne. Mir stehen nur ein paar Unterlagen zur Verfügung. Fest steht, dass er seit 1933 Mitglied in der SA und seit 1937 Mitglied der NSDAP war. Daran gibt es nichts zu rütteln. Aber ich glaube, er war kein überzeugter Nationalsozialist. Aus den Erzählungen meiner Verwandten hörte ich nie etwas Negatives über ihn. Ich denke, er tat, was viele Männer dieser Zeit taten: Sie spielten das Spiel mit, um wirtschaftlich über die Runden zu kommen. Im Dorf, wo er wohnte, wurde nie schlecht über ihn geredet, und das, obwohl die nationalsozialistische Geschichte hier deutliche Spuren hinterließ und man sich heute noch mit dem Erbe der Nazis auseinandersetzt.

Sein Sohn, also mein Onkel, wurde mit 15 Jahren zum Wehrdienst eingezogen und kam schnell in französische Kriegsgefangenschaft. Das muss gegen Ende des Krieges gewesen sein. Als Kind wusste ich nichts davon; erst im Laufe der Jahre und relativ spät erfuhr ich es über meine Mutter.

Deren Schwester (Jahrgang 1927) war Mitglied im Bund Deutscher Mädel. Sie schien ein besonderes Verhältnis zum Geist des Nationalsozialismus gehabt zu haben, denn fast jedes Jahr fuhr sie in den Urlaub nach Berchtesgaden. Was sie dazu antrieb? Gut, es ist nur eine Vermutung von mir und muss nicht stimmen, aber manchmal hatte ich das Gefühl, dass sie dorthin fuhr, um dem Führer nahe zu sein, der am Obersalzberg sein Feriendomizil hatte. Möglicherweise wollte sie den Geist des Führers – ihres Führers? – noch einmal spüren, der in dieser lieblichen Region noch weht.

Über ihr Verhältnis zum Nationalsozialismus hat sie nie gesprochen – nicht mit mir, aber vermutlich auch mit sonst niemandem. Sie führte eher einen inneren Dialog, dessen Inhalt sie mit ins Grab nahm. Sie blieb ledig. Einen Mann sah ich nie an ihrer Seite. Ihr Leben lang arbeitete sie brav und fleißig und brachte es zu einem gewissen Wohlstand. Sie war eine starke Frau, immer hilfsbereit und großzügig. Das war ihre Art, andere zu unterstützen. Mir schenkte sie mit achtzehn Jahren 500 Mark für den Führerschein – für mich ein kleines Vermögen. Ihre Großzügigkeit mir gegenüber habe ich nicht vergessen. Sie jammerte und klagte nie, sondern ertrug alles still und heimlich. Selbst als sie schon alt und krank war, geplagt von einem Krebsleiden und beginnender Alzheimer-Erkrankung, ertrug sie ihr Schicksal tapfer bis zu ihrem Tod im Jahr 2008.

Mit der Liebe hatte es bei ihr nicht so geklappt, und so wohnte sie ihr Leben lang allein. Doch einsam war sie deswegen nicht. Irgendwie war sie auch etwas spießbürgerlich. Ihre konservativen Ansichten kamen gelegentlich deutlich zum Vorschein: Ohne Trauschein zusammen in einer Wohnung leben, das ging für sie zum Beispiel gar nicht.

Meine Schwester stand vor vielen Jahren einmal unangemeldet in Schwerte, wo sie damals lebte, vor ihrer Tür, mit männlicher Begleitung. Irgendwie waren sie in dieser Stadt gelandet, es war schon spät und sie suchten ein Quartier für die Nacht. Für sie gab es ein Bett, aber er durfte nicht hinein – also zogen beide wieder ab. Das fand ich schon hart von meiner Tante, aber sie hatte eben ihre Prinzipien.

Sie arbeitete bei den Elektrizitätswerken in Dortmund. Was sie dort genau machte, hat sie uns nie erzählt. Sie sprach nie über ihre Arbeit. Wir wussten, dass sie nicht schlecht verdiente. Ihren ersten Volkswagen, einen VW Käfer, zahlte sie bar. Und auch ihre 130 Quadratmeter große Eigentumswohnung mit Balkon und Garage war schnell abbezahlt. Sie konnte es sich leisten, öfter Urlaub zu machen: auf den Bahamas, den Malediven, in Griechenland, Israel oder eben Bayern.

Sie rauchte nicht und trank nicht. Dafür war sie keine Kostverächterin und schätzte die bodenständige Küche. Ihre Küche glich einem Kolonialwarenladen, so viel gab es da an Geschirr, Töpfen, Pfannen, Behältern und sonstigem Zeug. Vieles von dem, was wir sahen, hatte sie doppelt und dreifach gekauft. Kaufen scheint glücklich zu machen, vieles verschenkte sie wieder an die Verwandtschaft.

Als Mitarbeiterin der regionalen Elektrizitätswerke musste sie nur einen geringen Betrag für ihren Strom zahlen. Sie hatte eine Stromheizung und es war bei ihr immer schön warm, und der Fernseher lief Tag und Nacht.

In materieller Hinsicht führte sie ein gutes Leben, in sozialer Hinsicht war ihr Wunsch nach Familie und trauter Zweisamkeit jedoch nicht in Erfüllung gegangen. Sie blieb ihr ganzes Leben lang allein.

Erst nach ihrem Tod erfuhr ich von ihren Liaisons, von denen sie wohl zwei oder drei hatte. Das muss während oder kurz nach dem Krieg gewesen sein. Zumindest gab es einen Briefverkehr mit zwei Männern, wovon einer Amerikaner war, vermutlich ein in Deutschland stationierter Soldat. Dieser hatte eine unglaublich schöne Handschrift, und seine Briefe zeugten von einer gewissen poetischen und literarischen Begabung. Das andere

Techtelmechtel hatte sie mit einem Mann aus ihrer Nachbarschaft oder zumindest aus der gleichen Stadt, mit dem aber nicht allzu viel lief.

Das Leben meiner Tante verlief so normal, wie ein Leben nur verlaufen kann: ein gleichförmiger Rhythmus von Arbeit und Freizeit, gelegentlichem Urlaub und wahrscheinlich viel Zeit zum Nachdenken. Die kleinen Highlights des Lebens, die kurzen Momente des Glücks und die Augenblicke tiefster Zweisamkeit, kurzum die Dinge, die uns manchmal wissen lassen, wie schön die Welt sein kann – all das war ihr nicht vergönnt, aus welchem Grund auch immer.

Ihr Wohlwollen und ihre Großzügigkeit anderen gegenüber wurde nie belohnt, im Gegenteil: Als sie vor einigen Jahren starb, wurde noch während der Beerdigung um ausstehende Beträge ihrer Bestattung in lächerlicher Höhe gestritten. Und manche, die am meisten von ihrer Großzügigkeit profitiert hatten, hielten es nicht einmal für nötig, zu ihrer Beerdigung zu kommen. So liegt ihre Urne nun einsam und verlassen auf einem kleinen Friedhof in Schwerte, und nur ein kleiner in die Erde eingelassener Stein erinnert noch an sie. Ich bin mir sicher, dass bis heute niemand ihrer Verwandten einmal ihr Grab besucht und ihr ein paar Blumen mitgebracht hat. Aus den Augen, aus dem Sinn. Amen.

So viel zu meiner lieben Tante, die leider nicht mehr unter uns weilt. Ich hoffe, dass sie ihren inneren Frieden gefunden hat. Sollte es irgendwo eine höhere Macht geben, die sich ihrer annimmt und sie beschützt, wäre ich dieser Macht sehr dankbar.

Ganz anders als meine Tante lebte ihr etwas älterer Bruder. Er ging nie von zu Hause fort, sondern lebte bis zu seinem Tod in einem Dorf im Kreis Büren mit dem Namen Wewelsburg. Wie der Name verrät, handelt es sich bei diesem Ort um ein Dorf im östlichen Nordrhein-Westfalen mit einer alten Burg im Zentrum. Heinrich Himmler, „Reichsführer der SS", wollte hier eine Art Reichsorden gründen, eine Eliteschule für die SS. Noch heute erinnert das dortige Kreismuseum an die Schrecken der Nazis während des Zweiten Weltkrieges.

Meine Großeltern mütterlicherseits hatten hier ein Haus gebaut und lebten dort mit ihren vier Kindern. Mein Opa starb 1962; da war meine Mutter 26 Jahre alt. Mein Onkel lebte also zeitlebens in diesem Haus, mit seiner eigenen Familie und eben meiner Oma. Das Dorf war sein Lebensmittelpunkt. Manchmal besuchten wir ihn und lernten seine Welt etwas kennen. Man kannte sich untereinander und wusste, wer was macht.

Bei einem Dorf mit 600 Einwohnern ist das nichts Ungewöhnliches, da bleibt nichts verborgen. Es gab zentrale Anlaufstellen wie den Lebensmittelhändler oder das Dorfgasthaus und einmal im Jahr das Schützenfest; wenn es ums Feiern ging, war man sich einig.

Mein Onkel spielte einige Instrumente wie Flügelhorn und Akkordeon. Er engagierte sich im heimischen Spielmannszug, den man auch Tambourcorps nannte, und im Musikverein Edelweiß. Für sein fast sechzigjähriges Engagement erhielt er viele Auszeichnungen.

Seine drei Geschwister lebten verstreut in Hagen, Schwerte oder Harsewinkel. Anfangs waren die Kontakte noch intensiv und regelmäßig, doch mit den Jahren ließen sie nach.

Als mein Onkel 2009 starb, war das ein Ereignis ohnegleichen. Das ganze Dorf war auf den Beinen, als am Nachmittag eine Messe für ihn gelesen wurde. Und fast jede zweite Person trug eine Schützenuniform. Es war unglaublich, wie bekannt mein Onkel war und wie viele Menschen ihn auf seiner letzten Reise begleiteten. Der anschließende Leichenschmaus fand im völlig überfüllten Gasthaus im Ort statt. Neben der Trauer war gleichzeitig Dankbarkeit zu spüren – Dankbarkeit für das, was er offenbar getan und bewirkt hat. Er muss sehr beliebt gewesen sein; auch zu meinen Geschwistern und mir war er eigentlich immer ganz nett.

Diese Beerdigung war ganz anders als die Beerdigung seiner Schwester, die ich vorher erwähnte. Da war nur eine bescheidene Anzahl von Trauernden anwesend, nur wenige Verwandte und Bekannte wohnten der Beerdigungsrede des Pfarrers bei; auf dem Friedhof trafen wir niemanden mehr. Es war ein trauriges Ereignis – nicht wegen des unvermeidlichen Todes (nein, dieses Ereignis wird uns alle einmal treffen), sondern vielmehr wegen der Art und Weise, wie sie verabschiedet wurde: einfach so, ohne Würde und Anstand. Dabei war sie aus meiner Sicht die gutmütigste und großzügigste von allen Geschwistern gewesen.

Mittlerweile sind diese Ereignisse längst Geschichte, aber manchmal kommt die Erinnerung in mir hoch und begleitet mich eine Weile. Manchmal kommt es mir vor, als wenn bestimmte Familienrituale, die man als Kind erlebt hat, sich im Laufe der Jahre verändern oder einfach verschwinden. In den sechziger und siebziger Jahren war es üblich, sich zu Anlässen wie Hochzeit, Kommunion, Konfirmation oder runden Geburtstagen im Familienkreis zu treffen und sich auszutauschen. Man gab sich viel Mühe, dass sich die Gäste wohl fühlten, und legte Wert auf die Etikette: Die Kleidung musste passen, dass Essen sollte schmecken, Bier und Wein durften nicht ausgehen, und dass viele Kinder anwesend waren, war eine Selbstverständlichkeit. Es gab auch so etwas wie eine gegenseitige Kontrolle in dem Sinne, dass man noch Wert auf die Meinung der anderen legte und sie mit der eigenen verglich. Man konnte sich noch an den Werten des Cousins, des Onkels oder der Oma orientieren und war interessiert an ihren Ratschlägen und Meinungen.

Als ich ein kleiner Junge war, gab es noch nicht dieses Betroffenheitsfernsehen wie heute. Schaltet man das Fernsehen ein (insbesondere private Sender wie RTL oder Sat1), dann fällt auf, dass banale Alltagssituationen die Sender dominieren. Irgendwie wird immer um etwas gestritten – und je primitiver der Dialog und höher die Einschaltquoten. Man ergötzt sich an diesen Dingen im Fernsehen, weil sie offenbar aus der Alltagskultur entschwinden. Die Sender befriedigen offenbar ein Bedürfnis nach Auseinandersetzung und Konfliktlösung. In meiner Jugend gab es noch keine sozialen Netzwerke wie Facebook oder Twitter, wo wir uns hätten austauschen können. Wir trafen uns einfach nach der Schule an Orten, die wir kannten oder von denen wir wussten, dass dies unsere Treffpunkte waren.

Gerade fällt mir noch etwas anderes ein, was das Zusammenleben bei uns in der Stadt betraf, nämlich den Umgang mit Menschen, die anders waren als wir. Wenn wir andere ärgern wollten, sprachen wir sie mit „ey du Spasti" oder „ey du Mongo" an. Damit meinten wir Behinderte, die es auch in Harsewinkel gab. Sie waren auch ein Teil der Stadt, gingen dort spazieren, kauften ein, saßen irgendwo auf einer Bank oder fuhren mit dem Bus in die nächste Großstadt. Ein Busunternehmen fuhr regelmäßig eine große Anzahl von ihnen nach Gütersloh in die dortigen Behindertenwerkstätten. Wenn wir den Bus sahen, winkten wir ihnen freundlich zu und sie winkten aufgeregt zurück, als ob es ein außergewöhnliches Ereignis war. Sie lebten zum größten Teil zu Hause, arbeiteten den Tag über in einer betreuten Werkstatt und wurden gegen Abend wieder nach Hause gebracht. Sie lebten damals noch nicht in den sozialen Mega-Einrichtungen wie der heutigen Lebenshilfe oder sonstigen Wohngemeinschaften, nein, sie waren ein Teil der Stadt und prägten sie auch mit. Auch wenn wir manchmal Witze auf ihre Kosten machten, haben wie sie nicht ausgelacht oder geärgert.

Wenn ich heute, im Jahr 2015 durch die Stadt spaziere, fällt mir auf, dass ich Menschen mit Behinderungen kaum noch wahrnehme. Sie sind irgendwie aus dem öffentlichen Leben verschwunden, obwohl sie noch da sind. Ganz in der Nähe meines Elternhauses gibt es eine Einrichtung der Lebenshilfe, eine kleine Wohngemeinschaft, deren Bewohner ich selten sehe. Tagsüber sind sie vermutlich irgendwo in einer geschützten Werkstätte am Werkeln, und abends sind sie wieder zu Hause und sitzen vor der Glotze. Und obwohl wir so nahe an diesem Haus wohnen, kann ich ihre Anwesenheit nicht wirklich fühlen. Vielleicht ist das mein persönliches Ding, aber ich glaube, ich liege nicht so falsch in der Annahme, dass sich hier etwas Grundlegendes in der Art des Miteinanders verändert hat.

Der Zahn der Zeit hat auch eine Stadt wie Harsewinkel verändert – wirtschaftlich, politisch und sozial.